李自国

诗人,一级作家,《星星》诗刊原副主编,编审,获国家从事期刊出版工作30年荣誉奖章。著有诗集《第三只眼睛》《生命之盐》《行走的森林》《2018—2019我的灵魂书》《富顺,和它醒着的鱼》《骑牧者的神灵》(中英文)等。作品入选百余种选集,获各类文学奖数十次,被翻译为多种文字。中国作家协会会员,中国诗歌学会理事,四川省诗歌学会副会长,四川省文艺传播促进会副会长。

乌鸦的围墙

李自国/著

黄河出版传媒集团
宁夏人民出版社

图书在版编目（CIP）数据

乌鸦的围墙／李自国著．--银川：宁夏人民出版
社，2024.12.--ISBN 978-7-227-08058-9

Ⅰ.I227

中国国家版本馆 CIP 数据核字第 2024JV9705 号

乌鸦的围墙　　　　　　　　　　　　　　　　　　　李自国 著

责任编辑　杨敏嫒
责任校对　陈　晶
封面设计　黄　萍
责任印制　侯　俊

黄河出版传媒集团
宁夏人民出版社　出版发行

出 版 人　薛文斌
地　　址　宁夏银川市北京东路 139 号出版大厦（750001）
网　　址　http://www.yrpubm.com
网上书店　http://www.hh-book.com
电子信箱　nxrmcbs@126.com
邮购电话　0951-5052106
经　　销　全国新华书店
印刷装订　四川金邦印务有限公司
印刷委托书号　（宁）0031960

开本　880 mm×1230 mm　　　1/32
印张　6.5
字数　150 千字
版次　2024 年 12 月第 1 版
印次　2024 年 12 月第 1 次印刷
书号　ISBN 978-7-227-08058-9
定价　58.00 元

各写各的，但不负诗人何为

——序李自国诗集《乌鸦的围墙》

臧　棣

　　说起当代诗歌的发展脉络，人们谈论最多的就是知识分子写作和民间立场写作，谁谁是知识分子诗人，谁谁是民间立场诗人，就好像当代诗歌场域里，这两大阵营已将当代最优秀的诗人都一网打尽了。没能刷到存在感的诗人，本能地也是面目混杂地归队于第三条道路。对诗歌语言的态度的不同看法——用口语表达，还是依赖书面语言——仿佛一块试金石，可以让一个诗人的真伪立刻原形毕露；而对诗歌经验的精神维度的不同追求，又加深了偏爱超越性想象的诗人和偏爱日常经验的诗人之间的势不两立的分野。最近十几年，由于诗歌发表渠道的根本性改观，当代诗歌的对立现象似乎有所淡化，但可以预计，在可以看得见的未来，这种区分虽然不一定有效，但依然会长时间地左右人们对当代诗的格局的印象。原因就在于，如果只是泛泛谈论对当代诗的整体印象，这种区分用起来很方便，仿佛很容易就能抓住当代诗的发展主线。而我则多少希望，未来的诗歌读者如果真想了解当代诗歌的成就，如果真渴望享受当代诗展露出的丰富的创造性，就应该设法远离这些日益可疑的阵营分类。也许二十年前，它能起到一种直观的效果，时至今日仍念念不忘，它可能已堕落成障眼法了。

上述的感受是由阅读李自国的新诗集《乌鸦的围墙》引发的。李自国可以说是当代诗坛老资格的诗人了，一直身在当代诗的现场，默默耕耘，佳作不断。他像很多优秀的当代诗人一样，基本不参与当代诗歌观念的纷争，但这种隐逸的写作状态，并不意味着他对当代诗歌的审美方向的变化就不敏感。诗集《乌鸦的围墙》里有不少令人印象深刻的佳作，也有新的诗歌风格的呈现，这些都表明李自国的写作依然处在旺盛的创作时期；他的诗歌敏锐度并没有丝毫的萎缩；不仅没有停滞不前，在我的阅读印象中，他驾驭诗歌语言的能力更是有了令人羡慕的自如感。这也让我想起英国诗人菲利普·拉金在其随笔《补贴诗歌》里表达过的一个愿望：对诗人来说，最好的情形，就是在一个不断被同时代诗人的优秀所刺激的同时，能免疫不必要的跟风竞争，能始终安分于自己的诗歌宿命，大家的"各写各的"。这是一种眼观六路的状态，熟悉当代诗歌风格的冲撞，熟悉中外诗歌不断交融中激起的各种各样的诗艺表演，但始终保持自己的诗歌个性，以"各写各的"的耐心推动自己的语言探索。李自国目前的状态，可以说，已臻于这种"各写各的"状态中最好的诗艺层级。作为浸淫在诗性语言中最敏感的诗人中的一员，李自国知道别人好在哪里，而这种诗人的自我省察，也让他坚信自己的"好"所归何处。"各写各的"，这种诗人状态，最值得肯定的地方，就是它将同代诗人之间的"诗艺竞技"推向了一个更绵长的时间尺度。避免逞一时之强，不在虚假的诗艺较量中浪费时间，而是潜心努力写出自己的东西。

《乌鸦的围墙》可以说是一本带有诗人自我总结意味的诗集。如果把它仅仅作为一般意义的诗篇汇总来看待，会显得十分轻率。这里收录的每一篇诗作，都像金字塔的垒石一样，指向并形成着一种可敬的诗歌抱负，它应该被视为一个诗人在其诗歌生涯里的标杆性的作品结集。最令我欣喜的，是读着其中的一行行诗句，品味着跳动在诗行间的经验气韵，能发现李自国的语言功力里有一种独特的盐味。语言之盐，写出的诗句能显现自身的洁白的结晶，几乎是所有诗人都追求的东西。即使荷尔德林那样的诗人，书写着内心的神圣体验，他看似远离人间烟火的语言里，仍有语言的咸味。嗅觉过于娇嫩的人，也许不太能领悟其中的好处。但对真正的诗人来说，他的语言里如果没有包含语言的咸味，经验的咸味，他的结局也许会十分不妙，因为没能触及语言之盐的写作，基本上也可以判定，诗人的语言还从未深入过对这个世界的真相的把握。

李自国曾在文章中做过一次直率的表露："诗是我生命中的千山万水。"如果读者想真正了解并领悟一个诗人的内心世界，已经对生命的真谛怀有的信仰，就请不要忽略这样的坦率。因为在当今的诗坛，像这样带有浪漫色彩的真情袒露，已经非常稀少了。这种的坦言，也可以被视为一种带有个人色彩的诗歌定义。它包含着李自国作为一个诗人的最基本的灵魂信息：诗不只是内心情感的折射，更是生命本身的风景。"千山万水"何意？它首先意味着诗人眼界的宽广。诗人可以取材很小的题材，比如在这本诗集里，李自国也写过不少像《钉子》这样的优异的抒情短诗，但微观的题材，要写出深透的感怀和犀利的见识，又绝不能脱离诗人视野的开阔。甚至，我们还做更善意的推想：这里，诗人所说的"千山万水"，不仅指向开阔的诗性视野，更指向一种诗歌生命内在的恢宏的空间感。正是这种深邃的空间感，为诗人安置词语提供了充足的回旋余地，同时，这种词语的回旋又衍生并成就了一种真实的诗歌气象。而我确乎有这样的感受，虽然诗人很少采用宏大的修辞和狂傲的表达，但李自国的诗其实是有诗人自己的生命气象的。比如，在《人间剧场》中，诗人这样写道：

> 一座青山一粒尘埃
> 可以归隐一个僧人
> 一条古道一片云烟
> 可以放纵一个旅人
> 一根领带一句谗言
> 可以吊死一个好人

这样的警句修辞，既呼应了布莱克在《天真的预言》里宣示的"一粒沙里一个世界，一朵花里一个天堂"，也映衬出作为诗人的李自国经常在诗歌视域里所采用的一种视角：人生经验的反观者。这些诗句，也体现出了李自国的一贯的诗歌语感：词语的精炼中浓缩了内容的坚实，节奏的明快中活跃着爽直的语气。一般印象中，人们想当然地以为，只有古诗的写作才讲究炼字炼句，容易出彩的金句妙语只有古诗的程式中才显得恰切自然。而现代诗因为流于标榜自由诗，所谓"新诗的散文化，天然就已让新诗写作中警句和格言句法的依赖变得生硬别扭。其实，这种阅读印象或者说看诗偏见，在面对李自国这样的诗人时，就会显得见识浅陋。

新诗历史上，很多诗人都写过"预言"的题材。人们印象最深的当数何其芳的《预言》。何其芳之后，名为"预言"的诗，大家依然会做尝试，但好像怎么写，都竞争不过何其芳的"预言"。在李自国的新诗集里，也有一首诗，也写了当代诗人心象中的"预言"。如果抛开比较孰优孰劣，仅从诗歌抒写的审美动机上去读两首诗的差异，可能会有决然不同的涉及现代诗人和当代诗人的诗性分野的新的感触。何其芳的《预言》写于1931年，当时诗人还在北京大学读书。《预言》对每一代学习新诗的人都影响很大，至少在我年轻时的阅读观感里，这种影响的强大惯性从未衰减过。《预言》可以被视为新诗历史青春写作的翘楚之作。诗中不乏雪莱的影子，诗歌的声音自信而强健。它的读法也可以有很多种。最基本的解读方式大致可以归结为这样的类型：脱胎于爱情诗，但又旁溢般发掘了自我成长的戏剧性。自我对自我的召唤，凭一种生命的直觉，充沛饱满地洋溢在诗句的推进中。所以，它既是一首浪漫主义的现代诗，又是一种不自觉的戏剧诗。有这么多范例的阴影存在，要写好"预言"，并真能触动诗歌的阅读，是一件很不容易的事。但在读过李自国的《预言》之后，我还是有很深的触动。这里，新的生命境遇中，写"预言"的诗人年龄已过知命之年，在艰难时世里饱经沧桑的诗人，多重的人生经验已不再允许一个诗人天真烂漫，但难得的是，这种时间对经验的过滤，即使没能完全免除现代诗歌忧郁症的扰动，也没能侵蚀李自国作为一个诗人的生命根基。"在不断上升的预言中"，他清醒地意识到自己的渊源所在何处："祖先的遗训"依然构成着"护祐我生命旋涡中的／信仰之门"。一般说来，在诗人的预言意识中，每个人努力在生命的潜意识中积极调动自身的觉悟，以突破时间迷宫投射在人生之路上的阴影。诗歌的预言主题，基本上不脱个人和命运的时间之战。这种时间之战，经常会对诗人造成沉重的压力，即诗中所说的可归结为"生命旋涡"的无形却无所不在的吞噬感：情绪过于敏感的人，很容易被压垮，在这种灵魂的战争中提前离场。而这里，李自国却坦言，他是受到过特殊庇护的人，这种庇护源于生命的信仰，源于对天地的敬畏之心。

在这首诗的第二节，诗人用幻念的方式，以隐喻的手法，展现了时间预言和生命体验之间的紧张关联：

时间打开了灵河的奥秘
一棵闪光的槐树在夜晚
疯狂地逃遁，良苦在用心
一株待开的菊，在九月
很想画布上的怪鸟
成为斧刃，落下太阳雨
沐浴空中走兽与飞禽

但当代诗对隐喻及其背后的诗歌文化的态度是矛盾的。在主张"拒绝隐喻"的人看来，隐喻修辞会导致诗歌经验的抽象，诗歌经验的空转，这种抽象的空转会让诗歌的表达陷入观念傲慢的表演，而失去对本真的生存经验的汲取。这种警告，无疑有其合理之处。但对真正热爱诗歌的人来说，完全放弃对隐喻的使用，又会让诗歌的呈现陷入语言空间的逼仄。而且，就表达的本意而言，没有隐喻，诗歌经验其实也没有更好的办法去清除人类语言中的迟钝和垃圾。所以，关键还在于如何使用诗歌的隐喻。这里，引述的隐喻修辞，显示了李自国作为一个诗人精湛的语言感觉。诗歌意指触及的人世经验相当纠葛，但诗歌的画面感，词语的节奏，却是显得既清晰又通畅，丝毫没有晦涩难解的痕迹。没有多年自觉的语言功力的积累，要做到这一点，是非常不容易的。现代诗的阅读印象，修辞的隐晦似乎是迟滞诗歌空间的感觉流动性的罪魁，但在李自国展现的诗歌手法中，隐喻的表达是灵活的，也是得体的。隐喻的表达是为传达诗人的复杂经验服务的，基本上没有脱节或失衡的问题。

对于一本诗集而言，通常，选取用的第一首诗都是经过了诗人自己千挑万选后的产物。第一，某种程度上，它代表着诗人最新的诗艺进展；第二，它体现着诗人最典型的语言风格；第三，它至少是一首能经得起时间磨损的独立型的诗作。《乌鸦的围墙》这本诗集里，诗人最终确定的是一首题为《钉子》的短诗：

钉子也有小小人间，我是一枚钉子
被时代的旧锤钉在一堆人群里

翻走一页页史书，它们是战争、天灾和瘟疫
却难于使我在冬天的阳光下，翻一次锈身

还有些人被钉成了斜斜歪歪的钉子
固定在大时代的
耻辱柱上

整首诗只有三节，只有短短七行，但诗歌的内容以及折射出的经验分量，却具有一种迷人的穿透力。

从诗歌题目看，它似乎已定型为一种咏物诗。但透过"我是一枚钉子"这样的诗句，诗的意图又立刻反转为带有寓言色彩的自白诗。"钉子也有小小人间"，这是里尔克提倡的——现代诗人要尽量站在事物的角度、借助事物本身的眼光来发出自己的声音；尽量戒除诗人越俎代庖用人的傲慢的声音来淹没事物的声音。这种眼光的反转，至少在这首诗里被运用得相当精准，它极大地揭示了一种现代的生存处境。这种反转，也令我想到诗歌大师卞之琳对新诗的写作提出的一个现代性的要求：戏剧性处境。这也是现代诗的在诗歌句法方面核心的要求。写下的诗句要带出诗人对其所处的时代最深刻的意识。这些，在这首冷峻的抒情诗中，诗人都做到了。即使在对处境的悲剧性的揭示中，即使意识到人受制于历史和命运，但让有正直和歪斜可用于人自身的生命品质。李自国的抒情癖性中，确乎有一种侠义的气质，而这种气质也让他的语言面貌里有一股内含的硬朗。

诗集里收录的短诗《玻璃的一生》，也是我很喜欢的一首诗。这首诗的表现手法，是现代诗读者都熟悉的，但诗人的表达仍不落俗套。而我尤其想指出的是，作为诗人，李自国对诗歌视角的运用收放自如。

该有漂泊者迁徙的灵魂
被炉火的眼睛炼狱
太阳穴的弓箭手，又将玻璃的指纹

一块块涂炭生灵

为时已晚，夜未央
月亮拴住满街梦魇的老树
舌头，伸出绵绵阴雨
以风姿绰约的新枝，疏凿澄明
将人间微尘与肮脏无限舔舐
剩下镜中的身世与奇缘冰雪

冰雪读透了玻璃的湖泊
以晶莹侠客之心
去融通着苍茫人世

　　这里，诗人使用的句法可以视为李自国诗歌语言的典范展示。语言的密度配合着经验的沉淀，但这种语序的走势，并未造成丝毫的修辞板结。相反，人们可以在诗人使用的语气中感受一种精神的果断。而这也构成了李自国的诗歌态度上的特点：他很少会有犹豫不决的语言时刻，一旦词语在诗人的呼吸中排列整齐，那么，进入读者眼帘的文本形态，都框定在一种沉静而自信的语言空间里。诗的视角设置方面，李自国偏向俯视和透视相结合的混合方法。视角的俯视，可极大扩展诗人生命经验的辐射范围；透视的视角，可以牵动诗人对生存真相的揭示。诗的开篇，像"该有漂泊者迁徙的灵魂／被炉火的眼睛炼狱／太阳穴的弓箭手，又将玻璃的指纹／一块块涂炭生灵"这些句式，都很好地展现了俯视和透视在诗歌视角中的混合运用。

透过《玻璃的一生》，人们也大致可以测定出李自国在诗歌想象力方面的倾向性。他的诗，都内蕴着一种诗歌的力量。所谓"不着一字尽得风流"这样的表达方式，不合他的语言偏好：李自国偏好力量性的表达。这种内在的诗歌力量源于他对诗歌意义的重视。他自言："诗歌是我灵魂里的宗教。"正是这一点，让他的诗歌内容都是有感而发。但这里，诗人的感受，又不局限于泛泛的情感抒发，而是饱含着诗人对世界万物、人生际遇的深沉的所思所想。也就是说，人们在他的诗歌中感受到语言和情感的高密度的冲击，是来自他丰富的人生阅历中经验的积淀，以及对这些经验的积淀的积极思考。这些思考都是很严肃的，但又不会过于严肃，而陷入悲叹或牢骚。从诗歌情感的标准看，李自国是一个不容易被击败的诗人。正如诗人自己表白过的：

"无论富贵贫穷，无论人生的顺境逆境，我对诗歌不离不弃，上下求索、吾志所向，坚忍不拔，不惧不退！我得感谢诗歌，感恩诗歌，是诗让我有不一样的活法"。

在诗和生活的关系方面，当代诗歌文化经常会陷入不知所终的观念纠结。这里，人们可以看到李自国执着而坚定的立场：诗是改变生命的，也是改变生活的。而不是人们常常为了某种伦理正确而人云亦云的——生活改变诗。

或者，换一个角度，生活改变诗，生活改变诗人，在别的诗人那里，也许是经常会发生的事情，但对于像李自国这样的诗人，我们感受到他强烈的诗歌个性的一个深切的渊源：诗改变生活。有趣的是，俄裔美籍诗人约瑟夫·布罗茨基也曾表达过类似的观点。生活改变诗，这是常态。它也指示着一种诗人的被动。而相信诗会改变生活，则意味着一种诗人的主动，意味着诗人督促自己经常地不断地去主动思索人生的意义，更自觉地投身于诗人的天职——用语言的力量去照亮生命和命运，更果敢地去赋予生命以意义。

2024 年 11 月

　　臧棣，诗人，批评家。已出版诗集《燕园纪事》《骑手和豆浆》《情感教育入门》《沸腾协会》《尖锐的信任丛书》《诗歌植物学》《非常动物》《精灵学简史》《臧棣的诗》《最美的梨花即将写出》，诗论集《非常诗道》《诗道鳟燕》等。曾获"中国当代十大杰出青年诗人"（2005），"中国十大新锐诗歌批评家"（2007），《星星》年度诗歌奖，人民文学诗歌奖，屈原诗歌奖，鲁迅文学奖诗歌奖，漓江文学奖。

目录 >> CONTENTS

1

卷三　人间众生相

卷四　天空是个动词

卷五　时间的过去与未来式

卷一

预言与刀客

钉 子

钉子也有小小人间，我是一枚钉子
被时代的旧锤钉在一堆人群里

翻走一页页史书，它们是战争、天灾和瘟疫
却难于使我在冬天的阳光下，翻一次锈身

还有些人被钉成了斜斜歪歪的钉子
固定在大时代的
耻辱柱上

小　雪

小雪噙泪，至今还住乡下
小雪是我穷乡僻壤的表妹

小雪封农闲，大雪封真相的河水
小雪表妹，封住我生活旋涡的嘴
不让我说出漫天要价的六角形花瓣
曾是小雪六亲不认的嫁衣
万物休眠，寒冷亦涉世未深
与去年相比，今年的小雪已是二婚

霜　降

霜从天上跑来人间袭扰
无人机有了正当的协防
降下来，降下来，从云朵到百姓
从薪水到物价，从雨水到心灵
升降机与降落伞纷纷派上换季甩卖的用场

降落下来，深秋肃杀的气色
从高血压到高房价，降龙伏虎
一物降一物，万事万物已自投罗网
降下来的全是民生的护肤霜
涂抹在少女少妇脸上

共勉：我们写诗

努力去扔掉
独属于这个时代的
思维困局
让那些词出轨，那些句子翻车

诗歌斑马线上空飘荡的
老词、大词、滥调陈词
被崭新时代的格局和万千气象
压死，或压得面目全非

越来越多地拷问，越写越怕自己
怕越来越多西西弗斯的巨婴
不是反复去推上山的石头
而是从山顶下来，抬着一具具
诗歌的死尸

人间剧场

一座青山一粒尘埃
可以归隐一个僧人
一条古道一片云烟
可以放纵一个旅人
一根领带一句谗言
可以吊死一个善人

一根血管、一根神经
用它的事物捆绑一个人，难舍难分
一丝落发、一抹红尘
用它的线索诋毁一个人，秒秒分分

一个人的剧场，就是半夜醒来
重读旧信时，被文字的形态吓出一身冷汗
啊，大幕已拉开，天马行空，飞刀万万千
乐池的湖畔，天籁从空中返回人间
舞台与观众席激烈交锋，光明与黑暗各执一词
这就好比壮士断腕，旭日出山
一个时代的耳朵掉在地上
一派星辰大海，挣扎得泪流满面

预　言

在不断上升的预言中
一串忧郁的钥匙
挂在祖先的遗训里
成为护祐我生命旋涡中的
信仰之门

时间打开了灵河的奥秘
一棵闪光的槐树在夜晚
疯狂地逃遁，良苦在用心
一株待开的菊，在九月
很想画布上的怪鸟
成为斧刃，落下太阳雨
沐浴空中走兽与飞禽

一支雪山顶上的鹅毛笔
预言过鲁迅，预言过普希金
它在不断垂落自身的羽毛
把明天的宣言写在
高过眼泪的骨头里
车辙幽深的道路留存下来
风跟随秋天的大雁

走过了一代人

诗歌留下河谷上的伤口
良药难寻，时断时续的诵经声
从石头上滚过，捡来的孩子
它要去何方？抬头仰望
生死疲劳的坠落或飞升
都在返回大地的恫吓中，留下瞬间结局
不求攀缘，不求高远
人生只为完成，哪怕一世
如若不信？请冈底斯山的预言做证

玻璃的一生

该有漂泊者迁徙的灵魂
被炉火的眼睛炼狱
太阳穴的弓箭手，又将玻璃的指纹
一块块涂炭生灵

为时已晚，夜未央
月亮拴住满街梦魇的老树
舌头，伸出绵绵阴雨
以风姿绰约的新枝，疏凿澄明
将人间微尘与肮脏无限舔舐
剩下镜中的身世与奇缘冰雪

冰雪读透了玻璃的湖泊
以晶莹侠客之心
去融通苍茫人世

酒

手持弓箭，或用长矛
在人间川流不息
一旦跌入腹中
就翻江倒海，或五马分尸
成为一个男人肆无忌惮的部分

酒天生就爱乔装打扮
然后不动声色的
在别人的体内乘坐电梯
每一次上下，都让灵魂呕心沥血
酒的脸上不停坠机
草船借箭的野心已喜形于色

酒，不是你左胸那盏
省油的灯，骑着一瓶酒去周游列国
肝心脾肺肾全做了逃兵
剩下一座酒的违章建筑
既拉帮结伙，又摇摇欲坠

谁诞生在一滴酒的海啸里
谁活命在一杯酒的无字天书中

酒的肖像

它让一杯盛满皓月秋色的酒
从唇齿相依的自我陶醉
蹒跚上路，又一阵狂奔
然后呢？用梦将苏轼的犄角唤醒
与杜康、关公、宝剑，酩酊而醉

天道酬勤，酒已蒙头大睡
得道成酒仙，善恶终将报应
终有一杯红葡萄酒
晃荡出它的劫难、不齿与身世

朝天大路已无路可退
它是酒杯的扶犁者，它善莫大焉
它属于红酒自醒的一亩三分地
灵魂的醉和它的透骨寒凉
呜咽不已

围　墙

用岁月的笆篱，守着
那么多不可告人的
人间秘密
却用一种墙的东西
尽现外貌之美

某一天，围墙轰然倒塌
或是因违建被强令拆去
墙内与墙外的影子
上蹿下跳，串通一气
又将时间老人
告上法庭，然后
打着正义的幌子
用一堆垮塌后的乱石
去公审

但人心，隔着另一堵墙
隔着另一个世界的秘密
所有这些，老天爷
看在眼里，不吭一声

下凡尘

它不是从天上掉下来的
它是从植物园的繁缛里
飘出来的，飘出一种风过之美
飘成阔叶绿里，接通血脉的
一阕阕小令

猎猎旌旗，都是隆冬里
深闺上路的一阵阵风的游子
被川西冒出的奶茶小太阳
端来端去，盛世溪水的高脚杯
一旦倾入西岭雪山的童话
盆地围脖上空孤零零的雪花
就飘得有点像半卷古迹、一堆故纸

世俗欲望有太多残留的市井
不乏醉酒客，而凡间多有
爱酒之人，宽窄巷子里的雪
下着杜甫诗酒里，堆放了一千三百年
也融化不掉的雪，一种明知不可为
而为之的痴迷
酒至深处，已然抵达仙境

便有神魂四处漫游
游成难舍快乐的爆米花
游成锦江剧场里一会儿变脸
一会儿变天的川剧锣鼓队

它不是从天上掉下来的
它是从身外之物的某些修为里
飘出来的，风隐深山，水隐河谷
它已飘成一种漫时光、漫小资
剩下虚无缥缈的镜花水月
不停修炼内心，又安忍渡劫
就像这茫茫人海，空留一身白狐之魅

钥匙的眼泪

万物寂静，一串钥匙的眼泪
掉落下来，带着少年的体温
它被埋葬在喜马拉雅山的
亿万年冰川里，它已痛不欲生
松脂、樟叶和昆虫，全都屏住了呼吸
它被幸运地粘住时间的脚步，凝固
而渐次生长幻化成琥珀

风暴来自头颅，闪电用它眼睛
睁开世界疑云的一部分，全球化钥匙
打开羊群的栅栏，不同肤色的星辰
朝深夜疯长的条条道路穿越
悬挂昔日门庭，不再锈蚀的锁钥
已是大河上下的朗朗乾坤

茫茫宇宙是一把时光之锁
宇宙锁住天空，天空锁住大地
大地锁住海水，海水锁住眼泪
高悬于长剑与清风之上的眼泪
一把钥匙喧哗的眼泪，装在鳄鱼盛大的
眼眶里，洗涤这个星球的
不测风云，而圣锁已悄然诞生

玻璃与杯子

我从一只高脚玻璃杯里
看空了一个女人，她端杯的优雅姿势
像匍匐在秋风中的雨滴
掠过森森山谷与美少女
杯子却替她端出众器物的冷冷表情

还有她的嘴唇与杯体
接触的姿势，如此唇齿相依
如此齿颊生香，又目空一切
让我看得匪夷所思，也入目惊心

她纤长的手指，牵引出的轻盈体态
万般话语柔情中的崇山峻岭
连同玻璃杯底中，晃荡出的侠客与刀光剑影
嘘，杯子是女人，既满怀渴望
又不能随意乱碰，一碰就血流不止

世界，在光明与黑暗的
绞杀中生长，也像杯子长满孤注一掷的魔鬼
却难以从五光十色的玻璃碴中
看透这尘世坠入女人，坠入易碎品的猫腻

下　棋

一生中的围棋，只使用过
两种颜色的困局，黑白分明
但象棋却有不同的
名字和辈分，流淌出古老智慧
他下着一盘人间大棋
千峰万壑，他在给棋盘运势
他握着别人的棋子

负载沉重，他被灯火摇曳
也许别人早已握住了他
像掠夺声音的玫瑰
他浑然不知，阳光凋敝
双目与嘴唇分离
人生总是捡不回身后的影子
他的人生被黑或白纠缠不清

闻风而动，君临万物王冠
他的棋局渐入佳境
猛然间，他如梦初醒
懊悔不及，何时成为别人的棋子
他已越陷越深，看不清自己

正被和颜悦色的对手，当枪使

但他和他留下的影子，都在预兆
谁是生活厮拼出的高大棋手
谁是善或恶铆钉的靶心

棋　局

当黎明的钟声，如金箔的
嘴唇，一口一口吞噬
那副寒冽的棋盘

他在云端隔岸观火、指桑骂槐
他在梦魇暗渡陈仓、欲擒故纵
他在苍野笑里藏刀、关门捉贼

暮鼓如雷，已是三十六计兵法
到了走为上策的时辰
他双目陡然激越的顷刻
双手进退维谷的顷刻
他厮杀，他吼叫，他已狰狞

他胸中流泻出一条
暴虐的河、贪婪的河、血腥的河
旷远的牧笛、渔歌与隐隐号子声
又召唤他在硕大无朋的棋盘
盘腿而卧，日暮而息

满目山河的残垣、废墟

满目棋局后的浮尸、饿殍
他终于找到了出牌的节奏和玄奥
找到了该亮底牌的绝佳时机

他是赌王，命运是他赌的神谕

看　人

一面镜子的水银
淹死了鱼群与鸟类
挣扎的废墟，照耀镜子的呻吟
以人为镜是多么痛苦
见不到的真相，自发怒的脸上
如影随形

从十年的时间里苟活下来
已耗掉我光阴、暗疾、伤痕
物是人非，它们日渐苍老
一览众山会让年龄枯萎
胸中摇摆的河流
已有水草丛生、兽群走失

镜子里看人，越看越幽深
以铜为镜正衣冠，将脸看脱一层皮
依然看不见面善者的狼子野心
而门缝里看人，有时把人看扁
有时把人看圆，看成一枚椭圆形的
坏蛋

刀 客

刀尖上的事实已挑明
刀口说出的真凶遭到诘问
一场失踪的大雪，刀光剑影里迷失
或改头换面，或隐名埋姓
一介刀客大隐隐于市
小隐隐于山，隐于南山的锋刃

惊心动魄过西风，使鸟儿救赎了森林
咒语中的雨滴，打湿茶马古道上的悠思
刀客布施尘世，却眼含浊泪徒自伤悲
被一柄刀锋的黑与白、生与死倾覆
爱与恨正沸腾，善与恶有报应

刀客的侠气尾随而至
左刀下去是车水马龙，勾挑起长天云霓
右刀下去让河流变狮子，诗歌变汉字
阴森而杂陈的日子就此别过，圣者垂思
垂思着单刀赴会，快刀斩乱丝
垂思着大雁有何心机？庄周的蝴蝶不可多欲

一刃落下去，一刀曲径通祖先的幽灵

一刀乡炊冉冉而行，汗与血反唇相讥
一刀两断的分水岭，灵魂栖身之野
刀下却是一座雪山，一张空白的糙纸
记下一介刀客在江湖的名声，并厮混
狭路上兵不厌诈、刀不血刃的假面侧身

多宝鱼

宛如水中游泳的蝴蝶
我用一双锐词的眼睛
紧抱它外衣，生怕它一身的瑰宝
让手机始料不及
支付宝在丰茂的荧屏掩耳盗铃

多宝鱼是舶来品，它来自深蓝海水
体侧扁平，卵圆形身材迷惑世人
鳍边的胶质使它体内装满欧币
头部的深渊，拖着尾鳍的光阴
来自风笛，成双成对的异域爱情
只需要亚洲人铭记，无须用它左侧双眼去翻译

人世间形影不离，没有目力所能企及的部位
也许才是安全的，所以说它宝的藏身之所
就藏在它没生眼睛的右侧，右侧的耳朵里
多宝鱼的宝，是无人能匹敌的欧罗巴玫瑰
早已引入中国的多宝鱼，送我一地
北方养殖它的海水，送我钻石一样的名声

在河边，叩问人世

被赤日炎炎的流水带到岸边
呆坐一个又一个时辰
低头看河身纹理，抬头问天眼里的疑云
有许多事理，我是越来越闹不明白
为什么鸟儿总是贪恋蓝天
河堤总是禁锢意识与急流
蜂儿总是不厌其烦给人间送蜜
落发总是不愿回到思考者的头颅
成双的蝴蝶，总是用一撮黄土
埋葬祝英台与梁山伯的旷世爱情

路途总得有个岔路口
一片落叶，也该有自然的法则
多舛人世，草木皆人生
云朵都是天空在大地的影子
鲜花是上苍赠给人间的赤婴
流水是悠然南山的一串金钥匙
认知的事物，总是呈放现实的修行
心空有多大，狰狞或温馨便躬身行走
只有时间收留一切，穿上新衣就好

被浊世弄脏的灵魂，深夜归家
万物飘零，帮孩子抖落风尘的
总是那位低头含泪的母亲

把古镇的人群刻进石头

把古镇三三两两的人群，刻进石头
石头便发芽生根，从不朽凡人
一举长成石头样的贵人
长成石椅石凳，难兄难弟
长成石心石肺，整日去歌舞与升平

把古镇的遗珍，刻进流连忘返的
银河里，星星便成为事实上的蝴蝶
成为游动着的，那个世界的一部分
成为苦难历程中，创造出时光雕花的一部分

终于，一切都已休止，都不可挽留
寂静，如同深秋的屋宇，不停地摇头叹息
还曾记忆，何曾记忆，岁月不停地流逝
他们浪迹天涯时，倾诉出最亮堂的街巷
便是流浪的眼睛，呼吸出最黑暗的灯火
便是啜茶吸烟的老人，他们安闲自在得
仿若来自时间深处，他们是那个时代
漏网的蝴蝶，从河底举起一盏盏生命的灯

一座让人一见如故的老镇

一个观光者的怀旧、静心、逃离、隐遁
是古镇点燃昔日繁华与荣辱的灯盏
还是繁复的人群中游回一尾尾古代的鱼
哦，不必多虑，斑驳的古镇咧嘴憨笑
憨笑着的古镇，眺望这无边无际的晨昏
而古镇在对大地的眺望中，让果实接纳了花朵
又把花朵们的念想，在古色古香的灵魂里孕育

呼吸来临

没有波涛的沙滩，走出海水来
没有剧本的道路，走出序幕来
一只鸟落入手风琴盛开的海
回声中揭开地平线的真相
是遥远黎明，深陷沮丧与曲折

在水生物的多重表情里，用驿动的肺泡
与这个雾霾的城市交换
位置的移动和上升，来自神秘的未知力量
一面是蚂蚁的火焰，另一面是时间的
海豚，躺在深不可测的镜像中
人性离开了楼群，在生命的广场上游泳

一个人的肺活量，活过黑暗
也胜过记忆中照耀的尘埃
它是埋葬冬天的琥珀，抵达风的
每个路口，都有一尊石像躲入云朵
焦虑、神凝、屏息等待，时间内部的呼吸

产生无数动机的楼群，愈来愈没有高度的
文明陷阱，使我看见呼吸的蹒跚与困厄

只有将我的胸腔，生命的引擎
托付给它们，呼吸来临
我的肺叶，触摸遥远而澄明的星辰

醒来的咖啡

请改正午后植物学的钥匙吧
金黄的雷鸣与咖啡因
驼来沙舟里的一截书面语
风暴，抑或是英雄

无数火把解开的一枚枚纽扣
在原野喧哗的容器里
驰过黄昏的衣袖和锁孔
太阳，已走向深刻的地球
烘烤成一只面包的蝴蝶翩飞
又随沙漠之鹰的眼眸走失

博物馆的火焰在杯中沸腾
脸上狐疑，驶出大鼎远古的嘶鸣
多少代了，商贾拖累时间溶解的马车
天空的光辉下，一杯咖啡馆的屋顶
如同美人，走出一枚浓浓的钻石

闭　嘴

不顾一切的野兽
从毛皮到内脏，从细胞到淋巴
充满本色的肮脏，却又
渗透你多年
你已成为别人的筛子

人家出手，一个阵营打出去是铁拳
而另一个阵营，也叽叽歪歪的打出去
却是一盘散沙

谁在出手不凡，谁让
灵魂与肉身四分五裂
这世界的交椅，显然已不太平

绿皮火车的顶棚上走坡路，抖音里
睡大半个星球去爱的假身
大有人在，满脸窃贼的你
是秒懂的，何以不懂者，就请关闭
那张翻沟的臭嘴

亲爱的地缝

天空气得暴跳如雷
瓢泼的大雨直蹬脚
一生中最想说的"我爱你"三个字
遭到不公礼遇之后
又回怼，找到了丢失的耳朵

不幸的人，与信仰过的人
都是章回体，都是命运的缝纫机
留下细胞的核去繁殖

简单的人，与茂盛的人
拉开了生死大锯，充满
一座森林和冒险家的
最后诀别

洒洒大地，大地就喊痛
泪抛长空，长空就变得
空空如也，被都市放大的人影子
被那串热泪砸碎，砸得麦苗返青
砸得书籍分崩离析，而我
更像一只落汤鸡

岁月已老，就像人间
有许多偶遇，生老病死
多像是一个自由战士
谁遇上了它，谁都会跑得
双脚像飞机
当然，也有无数两难境地
好在这位摸象的瞎子
给我一个取舍，不、不、不
是给我一个地缝
我不要命地钻了进去

不稂，不莠，或浮生记

稂和莠帮他在玫瑰园种草
他的命运一再被《诗经》暗示
稂和莠是一种恶草
生机旺盛，疯狂的繁殖力

他在某夜的玫瑰园倒下
神灵附体，时间消失
依照神谕者的宣示
他的额心贴了河谷的朱砂痣
他听见栎树叶的沙沙声

他被死亡抬着
踩着人梯的黑暗和虚空
滴血的心脏像船只
受难者都成为漂泊中的诵经人

不稂，不莠，不坏，不恶
河流埋葬着他的身世
他的青铜被一片桑叶赶上云端
稂和莠用植物的脚步声
惊醒了岸上的盗墓贼

卷

二

折叠的繁星与庄子

碰见岔路上
刚订完亲返家的蚂蚁

丑陋的石头也独掌难鸣
孤陋寡闻的蚂蚁
订了亲，格外小心翼翼

它是生活的渺小者
发现春天有不测祥云
就会让时光啃噬的绳子
在洞外打一个死结

蚂蚁钻营的骨头肉缝里
时间安插着洞房花烛夜，寒窗外
一个步履乡村，悲悯世事
至少走了一千多里旱路
山的外面是山，今生的包袱
莫如用古老生息里：蚂蚁搬家的愿景

四月的天空

河谷上走单骑的云朵
抚摸出质感的灵魂
草木在人间荒芜
乌鸦的时光缝隙里
坐着一排残冬的侏儒

阳光如一枚金币
如何在春神早餐的旷野里
得到片刻的安息
我的泪花凋落成梨花
纷纷扬扬出轻声的咏叹

一夜春风将树叶分离
豢养的蜘蛛，已所剩无几
它们在我内心织的网
一圈又一圈，带来迁徙鸿雁的归途

这是四月的天空
绿叶抚摸过多少人间的春梦
遍地月光，让人世安详
神在看四月，四月在看神

海边的庄子

皓月当空，群山在舟车里劳顿
眼睛明亮起来，不使东方含一丝杂质

庄子从邻国燕的海水缝隙里
张开鸥鸟的羽毛，不料一屁股坐在鸡窝里
被一轮沉雄的落日梦惊醒

庄子无比热爱长了翅膀的海水
一叠宋国的枕巾，正用宋语吟诵《齐物论》

海水打湿了庄子的衣冠、大袍与鞋履
于是，他在"天道无为"的沐浴里逍遥自得
庄子已用大海的辽阔翘楚战国，东山再起

庄周梦蝶

战国的山河静卧于一丛草地里
庄周睡梦中变成了一只蝴蝶
蝴蝶的境界，天人合一的境界
又让蝴蝶变作了庄周

蝶非蝶，庄周非庄周
不为物累，不为名困，大地已返璞归真
我步庄周两千多年的后尘
一个不被羁绊之人
是否抵达一种逍遥自在之境

我梦见了庄周，庄周梦见了蝴蝶
蝴蝶梦见了天空，天空却没有梦见我
不过蝴蝶做了我这首诗的结尾
蝴蝶的翅膀载着哲学的文字
满屋子飞，我的身影被黑夜放大
我的体重却变得越来越轻
跟着蝴蝶的文字一起，飞升入暮色的战国
打捞出无为而治的画饼充饥

我与庄子的鱼

多少年了，群山隐没
我终于做成了古代惠施的替身
我与濠水桥一起散步遇见了庄子

庄子知道鱼的乐趣，那是因为
庄子在桥上有乐趣一样的心境

惠施让我说出人只能自知，不能他知
而庄子却反语相讥，人既可自知
又能感知他物，庄子说话像一尊神

一阵风从天空的磨刀石吹来
哲学家的话题被我写在这首诗里
庄子和鱼听见磨刀霍霍声
扭头就把乐趣的秘密藏入我手机

老子与蝴蝶

一只赵国的蝴蝶
为躲避战乱和饥荒，漂泊到陈国

在蜿蜒不息的路上，遇见气喘吁吁的老子
老子与蝶影一见钟情

冷蝴蝶撞入老子梦中，不停地感恩戴德
不小心做了童养媳

束之高阁的《道德经》
从太师椅上，流出了喃喃细雨声

老子从噩梦中惊醒，无力地垂下两只
飞翔过一脉青山的手臂

想到自己念念有词的"修之于身，其德乃真"
老子满脸酡红，出格的蝴蝶使他后悔万分

禅　街

漫步蝉街不可抵挡的石板路
一块块斑驳陈旧的老石块、老条石
用千年修行得来的真身
托举着南岳怀让、青原、行思
和永嘉大师玄觉，从天宝年间来蝉街
问道与朝拜

天色渐暗，老青砖老瓦当不再吆喝甩卖
店铺依旧风光，门窗说亮话
椅子急瞪眼，桌子板凳不再叽叽喳喳

夜深了，温州人氏不再用街区主动脉
去梦想江南，四方高人名士游来
蚂蚁的脚步声越来越稀
熙熙攘攘发芽的蝉街，开始
打坐入禅定，从唐朝的浩荡
到沉寂的宋代，再到此刻
街上夜行人有了身体下塌感

慢慢的，整个肉身空掉了
接着呼吸由远而近、由粗变细

直到后来，蝉街已返老还童

念头渐消，欲望纷纷扰扰回到月亮
关上月宫之门，呼呼睡大觉
一梦三千年后才发现，嫦娥私奔
东方已敞亮

五行记

春三月杨柳唏嘘
吐露太极图的万物欣荣

空旷如许的原野上，走来五个赤婴
它们此消彼长，互为形式与内核
它们列祖列宗，一朵花就使它怀中受孕
一棵树就让它称兄道弟
惺惺相惜，一双手足便尽染层林
有时争吵，从不脸红，却也相互克制

它的运势悲悯，阴与阳离情别恨
无非是金里敛聚、木里生长、水中浸润
无非是土中融合、火里破灭

原始的冲动、聪颖而智慧的脑黄金
露珠碰醒的早晨，随意睁开一双眼睛
便能将陌生的世界揽入怀中
去作灵魂摆渡后的指认

哦，五行阳光与生活，长夜里有风雨兼程

五行谦卑与放纵，亲人有万般感恩
所有危难都肩扛一起
告别者不再是五行人生的最后遗恨

种 山

我在自家的门前，种下一座山
山涧里，隐藏着捕风捉影的人群

我要翻过门前这座山，首先就要翻过
那些风声鹤唳的影子，看不见的羽毛像铁钉
钉入天空布满的一团团乌云
已让草木皆兵的我
插翅难飞

我是时间的隐匿者，我种山，山也在种我
而我终将被山峦起伏的兽皮
裹护在它人性的荒芜里

河流藏匿在天空的断句

生命因眼睛抬起了
另一种火焰

河流的焊接
需要命运之岸去泅渡

水流曾遗忘的双肺
如两个朝代更迭而将呼吸延续

黄昏的天空布满了炊烟
穿越大地的乡愁揭竿而起

所　悟

小时候童言无忌
吃了糖就说甜，喝了药汤就说苦

长大后却成了哑巴
吃了蜜不敢说甜，嚼过黄连药的苦上苦
却默声把世间"苦"字咽进肚

后来明白了，遇水得架桥，逢山要开路
在苍茫浊世，很多时候是茶壶煮饺子
有嘴不敢倒出

羊皮筏

将一只羊的内脏掏空
留下它的缥缈、虚无、远旷
它的空空如也，君子的坦坦荡荡

它一生的巉岩、倾覆与癫狂
从苦难中升起的险滩、急流、恶浪
它在冷观烽火、忽闻羌笛、夜宿河床

血水之光，驰骋南山的青草与沧桑
天空愈合，一截羊肠扔在野岸上
还原成泅渡者的路，一世踉跄

漂流直下，或逆水而筏
无尽漂泊的灵魂，承载着一颗
羊的善良和骄阳般沉甸的空茫

想摸鱼

河水很不服气
输了一场拔河赛之后
就变成一只蜻蜓飞到岸边
飞到离岸的众声喧哗里
像顺时针一样，顺数着
流水替我喝倒彩的掌声

涨潮的人群渐渐退去
天空已留下风的疤痕
草木正偷情，一次河流的汹涌
又带来鱼儿的排卵期

口若悬河的我，已双脚涉水
总想摸鱼，总想在水中
在眼底，在书页，在山的夹缝中摸鱼
总想着在一场又浑又浊的云水间
摸出自己清白的人生

雕虫小技

都曾有过仰天长啸
也曾有过醉卧红尘
恐，薄技在手

城市的滔声汹涌
外面的风浪很大
恐，穷技在身

没有一只鹰，愿给苍天诵经
没有一盏灯，能听见脚步呻吟
恐，末技在世

如果光阴竞相拍卖
人与人在梦中都能互见
都变成一扇会走路的门

它会给予你命运的施舍
它会用一把版画三角刀
雕刻成一只时间的小虫子
慢慢啮咬你一生

乌　鸦

一只乌鸦
用它锋刃般的利爪
在雪地上写生
乌鸦成了隐士
乌鸦爱上了中国画

乌鸦来到剧场
观众都变成枯藤和老树
乌鸦却不知道
自己留给灯光的白
留给历史画册的白
那些空白叫留白，留白深处的乌鸦
将一身的墨，泼洒在雪地上

一团云墨被雪地玷污
一截史记被现实打上疫苗
鹰的翅膀，掉在雪地上
让人的哀伤飞翔
天地间，从大师的画幅里
升起奇异的火苗
使舞台上的演员或昏鸦全身

一幕幕的黑白颠倒

哦，月落乌啼
月明无贵贫，插满一身羽毛
我已是一只
寻找不到来路的乌鸦

哲　学

火把的错误，就在明火处
谈论太多的唯心与唯物，而黑暗中
幽灵的游荡，在彼岸举起的洋流中拯救
呐喊、挣扎、存亡，乱石穿空的星球
惊涛拍岸的死海，从形而上学的
苦蝉声音背后，藏入地中海的鱼腹中
时间是浩劫光阴的首恶
劫持冥想之海的鱼雷，像雾覆盖
宇宙观用哲思来捍卫或冲锋
道路的血泪，将真理的灵魂解剖
枪声响了，地狱升天堂
机器四处杀人，杀人的机器
成了不测刀刃上的罪魁或元凶
哦，人心已乱，世风不古
哲学折射一只乌鸦，闭嘴或说出
如芒在背，如鲠在喉

历　史

卷轴里走来的老人，一个庞然大物
难以用狂草靠近，晚钟被天空敲响
与编年史，每个将要擦去的眼神对视
人类旅途中的炎凉、是是非非
总有黑夜最初萌动的水分
满载而归的星辰，用历史正视的眼睛
诀别了嘴唇、风暴种子和流水的性命
从事物的正反面中抽出肉身
双肢双脚的灵魂，长跪光阴的顽石

不停写下绝笔的史前老人
又迅捷漫过河堤，巨大的黎明
有时被波涛的回声改写，有时走错房间
像一只滴泪的水桶，等不来阳光的公正
便在风的嘴唇荡漾中，娓娓不倦
张开八千里路云和月的诘问

浩邈文献，无非是正史太过强大
野史又舍生取义而缘木求鱼，翰墨里闪烁出
针对三皇五帝的结绳记事
册页收留三教九流的时间或事物

典籍中深藏翻江倒海的真相与箴言
无辜史料被它强词夺理，或先声夺人
古今人物在生死的波峰里踽踽独行

现　金

现金生长激素
生长邪恶，也生长魔鬼外衣
它跟发明纸币和镍币的人类
有一种天然亲生般的接近
也被它征服得五体投地
欲望的马车，可以飘飞成一团乱云
一叠纸巾，一沓冥币，一个假字
从夜里醒来，缺胳膊少腿的现金
时不时会邀来福尔摩斯侦探
带来闪电与风暴眼的奇袭
网上幽灵般的支付，给了它逃离梦境
广袤的河水不再纸上谈兵
现金链的双脚一抹油，溜之大吉

经　济

月亮封山的图案，驶入流云
与画笔的触须，倒映在空中的湖畔
没有从摔碎的水银中，带来风的消息

从东晋的门阀士族马车
驶来一堆名词的交易，被装饰成熟人
推敲出的价值不菲，它让银圆、铜币
抑或纸币，长出陡峭的庄稼
俯身海洋、陆地、男人或女人
用它半张脸去安邦兴业，万物寂静
另一双铁拳，轮到御侮却敌，绝处逢生

谁是那些心怀光明而身手不凡的贵人
一切物质精神资料的首领
诉说着人间浮沉，炉火在深夜经世济民
用一世碧绿辗转的树，杀入万千叶子
葱茏的三生，带来物质世界
与人性屋脊迷宫的满脸刀伤
更像虚构万物的山川，周而复始的潮汐

归　途

蔚蓝色的少年是苦涩的
玄鸟飞过县界，飞过省界后消隐

归途是心宿，是时辰的飘落
止步不前的炊烟已幡然醒悟
大雁覆盖了长空，时而鞠躬的星座
从嘴唇中，幻想奔跑出无名氏的村庄

此时悲愤欲绝，此地月光朦胧
灵魂的摔打，竭力挣扎尘世的浩瀚

异乡归途，道路有说不出的疼痛
呼吸急促的怀旧，晕眩生活的人
又被生活豢养的奢华所带走
蘑菇屋顶的光线，忽远忽近
呼啸的词汇，暗示广场的雕塑
一步步盘踞，被石头咬合出眼泪
虚无幻境举起了朝朝代代宿命的
苍茫钟声

暴　露

冻冰的河流，就要在黎明前溃败
胸前开凿的黑暗，被我体内的孤魂野鬼
叫醒了泥土，群山被流亡蜷缩
残月被湍流啄食，浪花堵在怀中又绝处
逢生，一代代河流就这样被古籍译出
太多世俗奴役的痛苦

头颅深处，安装了真理的引擎
泪水飞溅出花岗岩的铁锈与斑驳
我坐在光天化日之下，暴露出赤爱的角色
与凹陷盆地，钟声穿过鸟放慢的速度
发抖的嘴唇，难以瘉合的伤口
是我自证清白的暗流簇拥，河流壮阔
别让噩梦吞噬一尾鱼的族群
蔚蓝时刻，苦难史掩埋在无名深渊
太阳开垦沼泽，金光的旋律使大地鼎沸

报　复

落日难熬，寂寞山坳又开始狞笑
瓷器的自由意志和考验
月亮正以它的反光把血债偿还

河流被颠覆，骆驼报复了沙漠
燕子消亡着靛蓝的天空
疯狂繁殖后代的羔羊
奴隶了星光下抑扬顿挫的草场

袭卷飞禽走兽的恐惧在哪里安身
疾病缠身的地球，千疮百孔
已展露它来自人类的污秽不堪

判　词

谁在悔哭，谁在平原上争吵
睡意昏沉后的奇迹出现
声势浩大的人群与法律扳手
刺穿囚笼者欢欣的胸膛

晕厥的云烟，天仙般的剧变
面罩下的狱徒已神魂颠倒
人间的镣铐不值灵魂去杀伐
万物竞妍，智慧的爱笑容可掬
毒素外的服罪，集结出逝影绰约

谁是主谋，谁是从犯
谁是迟到的正义，字字
见诛心，判词挺立人格的
铅字，把邪恶之心绞杀无余

大地在加冕，大地在审判
大地在万籁俱寂后迎来日丽中天

事　件

不是为少女的羔羊败笔而告别
事件深入杯中的脚印，还在不停演戏

不是为喧嚣而艳遇的假面舞会
深入月黑风高的图谋与崇山峻岭

春天深入种子，河流深入脱缰的浪花
灵魂深入居所，阳光深入事物的呼吸

飞机，是空中爬行的另一种生物
是进化而来的鹰，是千年风筝的图腾

事件露出凶残的脸，是大地被劫持的人质
星球陷入虎口，发出双重世界的最后通牒

挪威的黄金鱼

披挂一身黄金铠甲
将波谲云诡的风云抵挡
它一心要伸出玻璃缸外
寻找那身自由式滑雪的磷光

一尾名贯北欧的黄金鱼
把它一生的流窜与荣耀
藏在自己的金鳖下
鱼缸已成为不能囚禁的锁钥
它开启神和英雄的四界之门
屋子主人命运的追逼
成就了一尾尾昂首的黄金鱼
蘸着拉丁字母的海水写诗、作油画

黄金鱼来自异国他乡
它金发碧眼，背上的雷声
宛如忧郁海参，身材渺小
却翻阅回归偌大的海洋咆哮
而屋内闪动出人影，牛高马大
却被黄金鱼梦中栖息的一只天鹅
捆绑一片挪威森林的月光

梯子兄弟

来来回回、上上下下
回望苍生，无非就是爬着这架梯子

听说你来到尘世，两只脚就像飞禽
一辈子飞来飞去，飞得清醒
活得也清醒，活没活出人味
天知道，云就知道，你知道吗
你得要有芝麻开花的毅力和勇气
纵使斜躺在地狱，也要像把梯子
有一种走投无路后的延续

梯子师傅，你是道路的生长
梯子兄弟，你是两条腿的人类

石头的亲戚

一个云雾缭绕的下午
我坐在一块石头上写诗
我忧心忡忡，愁肠百结

写着写着，我坐的石头
变得越来越沉重
我写的诗也越来越沉重

我写石头，石头写我
我被诗写成了石头
我已是石头事实上的亲戚

我坐的这块石头下面
沉甸甸地压着我的沉默
其实，石头再重的心事
落在最后，也压不垮一个人的命

因为石头的对面，有一座庙宇
庙宇里的和尚，挑着两座山
两座山里的石头，有一块正被我坐着
灵魂的重量，已压得石头越来越慈悲

月亮的伴娘

苍天有眼光
不让月亮在中秋
辘辘饥肠
所以就用月饼
去做它甜言蜜语的
伴娘

人好了，吃苦也是吃糖
花好月圆，隐身的人间变天堂
我不再跟时间较量
心随月盈月亏、月升月降
中秋令时光的婚纱猝不及防

月明星稀

半夜，月亮一生育
就躲进云层里
手忙脚乱，房前屋后
来不及掌上一盏灯

长夜漫漫，风生水起
卧听银河里的滚滚涛音
乌云引蛇出洞
沸沸扬扬，七嘴八舌

崎路迢迢，眼前无光
周围一片漆黑，此时的苍穹
分娩出它们的孩子

天上，繁星灼灼、云天万里
地上，不敢奢望太多
采撷两朵野火送给流水
哦，天外来客，天下牧归人
它俩相濡以沫的名字就叫
《星星》

啃骨头

好啃的骨头都啃了
那个时候的骨头
一啃，就是肉

现在呵，骨头啃得有点难堪
不是被冒犯，就是骨瘦如柴，皮包骨头
一啃便是硬着陆

啃剩的骨头，从人群的蚁蝼里
敢不敢站出来走几步
用它说惯软话、吃惯软饭的烂骨头
鸡鸣狗盗似的啃我

灵魂的药引

一剂迷失夜空的药引
不停彷徨，不断寻找与叩问
它要找回一座山脉
找回一个物业街区
找回一个门牌号一个单元楼
找回一扇门一个人的灵魂

药引遭遇人间的险境
药引上的花蕾，花蕾上的雷声
它将去洗劫去抗争去为它奋斗一生
它为寻找一切，何来药性恐惧
良药苦口利于病，忠言逆耳利于行
它要药到病除，斩草除根
它要好事成双，疗效翻倍

梦境已经飘走，它引领大好河山
引领中药的苦和累，去医治大地生态
拯救人类的健康与生命
无形的药罐中盘旋一只苍鹰
三月的药引已让大地开怀受孕
拉开黎明的弯弓，纷飞箭镞力敌

生与死，贫穷与疾病已分崩离析
沉入江底的明月，托起一串
笑到最后的灵魂药引

卷

三

人间众生相

海边的人

海边的人，就像是钉在天边的
一枚图钉，固守沙滩的一栖之地
无垠的海水，让灯塔睁开航海的眼睛
大海已是耳熟能详的机器人

岛屿上的脚迹，已长出翅膀
昔日的风暴脸，一步步升高灵魂的
海平面，最柔蔓的天使
最软语的绸缎，海水修筑的长路
再渺远，心潮依旧不停举帆
闯海人用上半生，织就一张
海天之网，又用下半生完成一只
永远也吐不完丝的蚕

海边的人，住在海水靛蓝的
房子里，每天交换的身心与海魂
一起裸浴，海水从迷宫返还人间
海市蜃楼被时间一再隐现
天空彩虹，抛成了海边人的救生圈
与浪花一起浪，浪出无数条海岸线

浪出赶海的歌谣，命运之海的歌谣
以它旋涡里的螺丝钉，一次次拧紧
大海喧腾不息的王冠

骨头记

起风了，荞麦身上的骨气
已给惊蛰打了收条，禾谷秧在田间撒娇
云爱孤身打坐，它们彼此眷恋生命
风声算什么，人世间的风言风语
才令肝脏排出心烦意乱

一垄青山，一溜烟的小桥流水
背着玉米葱茏的顽童，被冥想晃动
剩下的光阴，既冰肌玉骨，又满脸夕晖
电线杆上叽叽喳喳的麻雀
好像偷食不成，气急败坏的怒火
朝着患软骨病的老屋指桑骂槐

他们和它们，都是些散落在田间屋角的
野风遗骨，大和小，贵与贱，新和旧
悲悯着骨质疏松里的云淡风轻
落日沉潜，每张帆影的脸上不随波
也不逐流，当慈悲将灵魂的骨头敲响
一把古琴在单相思的广寒宫，现身铮铮铁骨
星星开屏的公寓，漫游嫦娥的轻盈与孤独
时光的獠牙，躲在骨头的缝隙里疗伤
骨头记：一剂中药汤添加虎骨的命运蹉跎

朝代的英雄

我看见野草莓抒写它血性的脸庞
巍峨宝殿，披一身冷汗
惊讶得我脸上的裂缝，喋喋不休
它的浩瀚，是历朝历代
纵横天下英雄之鹰，落单于沉甸甸的石头

渡过银河，刺破时空的利剑
令明月高悬人寰，它放逐过云朵
放逐过不曾抵达的通假字伤害
从一首诗中，我破解过英雄豪气的 n 次方出炉
万籁俱寂地驰骋沙场，浑身奔涌出篝火
焚烧自由的桎梏，看见剑胆琴心更多意象
划出一条破浪的船帆，将大河上下的天空弹奏

我看见雾凇结晶它的时候
幻影则映照史章的渡口，垂暮后的奔跑
英雄的脉息延伸着，无处不在地穿梭
呼啸一匹年代的春风，时光的每一处雕琢
都接近完美喘息，上苍居临那里
恢宏宫殿让英雄端座巨石上
左右长廊，铺展着刀光剑影的

史料云烟，一刻不停地生活着，子弹从高山
流出鲜血，将我挖山后的叙事之声染红
潺潺流水把它的英名交给世界
河水里古风眺望千年，月亮一跃而上的颂歌
来自英雄时光，升起它戎马生辉的剧目

抑郁症

乌鸦唱着归隐的夜歌
谢幕天空自闭的花朵
侠骨柔情，涌入黎明的图腾
回旋出时光飞升的一圈圈螺丝钉

凭栏听雨，找到巨大的沙漏
或是卧床不起，或是对牛弹琴
暴走毒日，递去难以自拔的
挖掘机，一遍遍碾压并掘地三尺后
相互打探叛逆者的身影

自卑在迷途不停指认苦难的厄运
厌世的周身，不着一丝风尘
无非是空，是郁郁寡欢
被风迫害的妄想症，浇灌丛林里的
多重人格，攀缘阴云，与无影灯下
与前路的精神分裂，伤心地引爆
核心症状群，专注于一夜夜诅咒
魔鬼的外套，找来看不见的
无限内衣，亭亭玉立，难以置信的
双脚美人鱼，用残废海水

洗劫一世，便毁掉脑影像学的三生

日复一日，年复一年
齿轮咬合的时速，与孤星伴月行走
浩气长存舌根后孑然一身
长夜漫漫变奏，芳草满庭萋迷
谁、谁、谁？从土地的脂肪里返回
手指埋伏了天空的繁星
发了芽的心脏，被水声裹挟成顽石

米　虫

这些夜里，虫子在偷吃
我刚买回来的一粒粒糙米
吃得很专业，也很抒情
在虫子的节骨眼上，它说
诗是抒情的艺术，我可不这样认为
虫子蠕动了它贪婪的身躯和灵魂
这倒有点在学我们人类

有了这些米虫的提醒
我开始吃糙米，糙米也吃我
先是吃我的肠胃，然后
化装成特务，进入我血液
让我被它吃成一座一米七高的
违章建筑，拆与不拆
米虫说了算，米虫是包公
它执法严明，也爱打富济贫
我就这样保存下来，成为活化石
保持着与虫子和糙米的生物链接

影　子

一会儿前，一会儿后
影子是不离不弃的女人
一会儿左，一会儿右
影子是身手敏捷的间谍
一会儿东，一会儿西
影子是刀刀扑空的刺客

影子总是紧跟着我们
而我们却不怕影子的歪与斜
因为前面那个灯下赶夜路的人
身子总是挺直得很有水平
像是一根专为尘世邪恶准备的
打狗棍

车的独尊

每天从家里移动到单位
需要四五十分钟的车程
从方向盘到这款中日合资车速的拿捏
需要用这些越来越疲惫的道路
不断修缮我的人生

我想到了这些，还在车速中犹豫
这个座驾却不停牵挂我的坐骨神经
从小我的靠背，一直到大我
从平凡的轮子，一滚到非凡
它们在窃喜，又像是偷窥
四个轮子以高德定位的名义耍手机

我非杜撰，身手不凡的小车却愈加独尊

书　架

像一个人
喜欢抱团取暖
像一条虫
死也要朝木板板里钻

光阴处，带来斧子的背叛
黑夜中，成了一根电线杆
黄金屋，你教人啃
颜如玉，你示人癫

如果还要登高
还要望月，还要一座森林
成为路的开端

在云天里，有你难以承受的
生命之艰，有那么多认知
在你头顶缠绕与攀缘

而在墙角，你不再矮人一截
用尽茅屋里所破的秋风
一生扶直那个不姓邪的
老男

苍　蝇

嗡嗡嗡
撒落在桌子上的残渣剩饭
不停地递一把刀子
给阴沟里翻船的人生

身怀古老飞行技艺的苍蝇
丧心病狂，它们感官灵敏
每一次攻击人类，煞费心机

嗡嗡嗡，嗡嗡嗡
从天上空投粮食的无人机
做了绿头苍蝇的
帮凶

蚊　子

天空里，冒出那么多蚊子
定睛一看，白纸黑字，被梦魇的手
悄悄地擦去

我想，臭名昭著的蚊子
太爱叮咬在纸上，于是就变成了文字

它们存活了下来，并将
文人贪婪的眼睛，劫为人质

我恨文字，文字让我贫病，让我咬文嚼字
我恨文字中的蚊子

直到第二年夏天，幼蚊无罪释放
又在黎民百姓身上，叮咬、吸血

蚂 蚁

蚂蚁在大声喊
天要下雨，天要扔币
几颗小小的饭粒旁
一下围聚着十几只蚂蚁
将地上的珍馐，搬到
洞穴里去，而这么多蚂蚁
一下从四面八方赶来
它们口耳相传，排起长队
这让我始料未及
也许蚂蚁也用自己的手机
还过着时尚的生活

蚂蚁们常聚一起开小会
它们相濡以沫，很有团队精神
我猜想蚂蚁写诗，也会写到爱情
蚂蚁每天都在爱自己
也爱粮食，它们小时候就懂得
粮食就是它们的命根

后来才知，粮食安全的警钟

敲响时，蚂蚁搬家
是地球人获得认知这个世界的
又一种方式

蚂蚁与人类

一张张陌生人的脸
像这一群蚂蚁
爬出了人世沧桑的秘密
蹒跚学步的老街路上
一只蚂蚁被踩死了
蚂蚁之死，是谁的责任

蚂蚁，蚂蚁
至死不渝，一身黑亮的盔甲
加上两根细长的触角
竟没抵挡致命一击

这是谁之过
蚂蚁的过错在于太小
就不该在人间的路上乱走
人之过就在于走路
不好好看路，踩死了蚂蚁

再小的蚂蚁，也是生命
也有它的信仰，它的大地

这是无情的现实，还是蚂蚁命该如此

但大大咧咧的蚂蚁
总是以其自身而小看了人类

蚯蚓的祈祷辞

它有自己的高山流水
或冷僻方言，或燕舞雪夜
习惯用泥水，洗濯周身肌肉
洗濯尘埃的老身

它争夺庄稼的水分、健康与肥料
它把自己裹覆得很深
又想象成巨人，在地狱里念泥经

不知何时成了牲畜的饲料
总把自己想得很美，一看自己是地龙
就兴奋得掉泪，它有一双
猎枪一样犀利的眼睛
它把牛羊、泥土和人类
紧紧地团结在自己周围

它也不再是那只高脚鸡的
囊中之物，它有自己的立场
从黑暗中作梗，以钻井大队之身
隐姓埋名，留下一生哺乳泥壤的阴影

它可入药，能平喘利尿、熄风止痉
还可入诗，入正义华夏联盟
从凛然浩气的诗眼里，悲悯的蚯蚓
不停地祈祷，不断用蠕动身躯
替我倒吸着一口口寒凉空气

麻　雀

多年羁旅未归的麻雀
像一株水稻，头颅越垂越低

天空已被内心的尘埃占据
背着骨头与羽毛，回到农事悲悯的乡村

麻雀的外墙和屋脊装修一新
却难掩饰内心越飞越高的凋敝

孤陋寡闻的麻雀虽小
而肝胆俱全，肝胆也照彻世人芳心

多像一株稗草，不会在人间匍匐
更像门可罗雀，一只猫的悲伤无人问津

已是许多年后，苍穹空得一无所有
电线杆和我内心的麻雀也渺无影踪

偷　鸡

他一直往邻居院子里
不停地偷窥，他在打游击
他要不动声色地
擒拿，或一举俘虏
本该属于别人家的
唯美得有点恶心的
佳肴美味

他想偷鸡，他要偷机
他要找到偷的最佳时机
暖饱思淫欲，饥寒起盗心
他的灵魂饥寒交迫
成天都在预谋，如何无须半点成本
就能逮着那只鸡，他首先想到了米
想到施人以牙慧，想到了勾引
想到勾肩搭臂，想到暗中勾结
串通同伙，行骗那只鸡

他幻想两种结局
甲的结局是偷到了鸡，仅仅蚀了一把米
乙的结局是鸡没偷成

鸡还在别人院里，不仅蚀了一把米
鸡还把他告上了法庭

许多年后，他终于认输了
年轻时，无论偷没偷到鸡
他都被那只鸡
偷了，他先被内卷
然后被鸡躺平，鸡偷得他精光
偷得他的整个人生
濒临倒闭

他是倒霉的，他被鸡偷了
年迈后他懂了，在尘世
偷鸡摸狗、偷梁换柱、偷天换日
是他玩不起的人生游戏
因为他的命相
属——鸡

骗　子

他怀疑朋友的名字是假的
哪有这样的名字
于是，朋友掏出了身份证
上面的姓名栏，赫然写着"好人"二字

他从此相信了朋友
朋友是好人之中的上好人

若干年后，朋友因做窃贼被抓
派出所向他举证时
原来，身份证也是假的

以假贩卖的年代，骗子是真的
骗子就是骗子的通假字
天马行空的骗子，用连串虚假证据
做了一台骗子发动机的羽翼

坏　蛋

灾难已挡住月光迁徙的歧路
停尸堂静穆如初，夜被流言的雪覆盖

眼睛内外，插上一弯彩虹的怒火
万花刺向我，直瞪脸上行踪的坏蛋

卑劣放低声音厮守着袒露的胸怀
轻蔑的通途，驰过人世的刀尖

自私、贪婪、狡诈的心脏，有邪恶跳动的
暗影幢幢，憎恨者流出体液，毒死了花圈

血汗已被谎言攫取而榨干
突围的硬币已身在坏事物的口袋呜咽

丢　脸

小时候贪玩、粗枝大叶
上学路上，把脸弄丢在地上
但很快被眼尖的父母捡回来
所幸脸庞，只留下粗糙的月光抓痕

空旷的田野里，目睹灵魂挣扎
秋天在野水塘瞭望，故乡用它上半身
哺乳了瘦小山村，驰过的明镜止水

长大后出远门
像一柄剑在风里雨里穿插
不小心跌了一跤，脸也掉在地上
也许脸皮太厚太长
被时光卡住的皱纹和忧伤
捡也捡不回

一张脸留在故乡飘荡
另一张脸凸显城市的嶙峋表情
两张脸，如此亲近又陌生
彼此不敢指认

丢弃了脸的人，两眼一抹黑
赢了也是输，输光了脸面的游子
经年在外漂泊，也扪心自问
我是谁？来自哪里？满脸懵逼
我已是丢了远方与老家旧屋的
异乡人

勾　引

先是选一个中秋团圆日
喂她一块月饼

接着用苏轼举杯的酒
把她灌得酩酊大醉

如果还没有到手
就用淘宝月卡
去屈原投水的汩罗江打捞

最后将她软软的玉体
抱在床头前
升起一轮李白的
明月天涯

假　酒

年轻时嗜酒如命
但物质糟糕，诗人都穷
我喝了无数劣质酒
喝一点害不死人。加之
那时，我盛气凌人，到处树敌
好歹也从敌人的杯中逃过一劫
不过我喝了那么多假酒
却让我过去在江湖
落下了爱说假话的
后遗症

噩梦，灯泡的见证

给爬行的月光，递一把谎言的刀子
给废墟的罪孽，去五牛分尸
大风之夜，沉默的火焰使湖泊
作了一位遮羞之人，长出翅膀的光需要隐藏
一列军车交换的白骨怒火中烧
一张三十元的床巾，铺展在三千年的臆想里
走过战争，留下鸽子的遗恨
灯泡见证的胞血之躯，送走血泊中的太阳
一架纸飞机，载着无名干尸
换来时间，在噩梦中卧床不起

变形记

把石头背上山坡，把海水搬进城池
给所爱的人、老人和孩子
构筑一座灵魂里的顶天海堤
每天都有潮汐式的人流、车流
涌向清晨的闹市中心，又在傍晚
回流到各街区，高峰期的上班族越挤
就越变形，有的挤成了麻花，有的挤成
扁豆，还有的挤成一块挡风玻璃
抵挡雾霾、人间烟雨

夜幕里，为着或聚或散的生命微尘
丛林中练习扎根，我在努力登高
而都市夜潮退却，沙滩上撒落一地的
芸芸众生，被挤压得面目全非的
房奴、孩奴、卡奴、车奴
有的两只脚离地，挤成天上的无人机
串串影子上班族，招摇过市

而另一些人群，刚从茫茫人海逃生
又被挤在一张宣纸上，吃着墨水
周身越挤越黑，滚滚浪潮迭起

把他们席卷成一部"挤"字的词典
无数个意义后面，多少家庭被挤得
扑朔迷离，逃离路上，谁能开绿灯
四面八方的海水涌入城市
涌入贫富与美丑的陷阱
命运捉弄的潮汐，又一次尾随而至

挤铁记

挤吧，把念想交给现实的铁
地下的铁，呼啸的铁
深居简出的铁，光芒万丈的铁
一代人的铁，一个时代的
所有秘密的铁，铁的风云与图腾

挤来挤去，挤得气喘吁吁
挤成沙丁鱼，多么一团和气
挤出都市里的梦想、工资、奖金
挤出一块上有片瓦，下有立锥之地

早该回家了，还在不停地挤吗
从天空挤到地上，从地面挤到地下
从人到人，从心到心
从纷繁到虚妄，从黑到白
从晨曦到星群，从踌躇到更迭

每个站，都是每个人的诗和远方
路的前面，就是驿站，就是港湾
就是一种托付，一种依靠，就是一个"挤"字

非虚构：我与高铁叙事

何以让高铁，与我签约
私订终身，我与高铁上的云朵
面面相觑，不敢弱肉强食
而我是弱者，几十年的越山越岭
腾云驾雾的前世，误过太多班机
今生的航程一再被改写
作为时光的利刃，我又重回刀鞘
重回三百公里的时速
我已是远方，高铁里的翻云覆水

高铁就这样和我亲近
此铁，点铁是金、金戈铁马的众生
彼铁，手无寸铁、铁骨铮铮的骨气
世界在加速些什么，尘世的乱象
正在被高速切割，或将分崩离析
灵魂还需要铁的锻打和拷问吗
我的视野在高铁的时速里
让一条大河打开我的身体
又一座村庄、原野、城池与草原戈壁
翻阅我的每个脑细胞、每张心电图纸
我的天空因高铁而读懂王维，也读亮了山水

往回走，我在高铁里收藏风景
便是收藏天下，我用我的童年
我的汉英诗集《骑牧者的神灵》
与车厢里的海洋对话，上帝看着我们
与蓝眼睛、黑皮肤对话，明月高悬
高铁里的夜色辽阔，最幸运的人
就是那位骑牧者的神灵啊，仿佛来生
骑牧着高铁的翅膀，拉响高铁
命运里这架偌大的手风琴
那些铁的光阴，又让我的大地慢慢提速

卷

四

天空是个动词

站在天空的河流

河流曾经在高处
曾经站在天空的河流
邈远而谦卑，溺亡又繁衍复活
它收拢了澎湃的翅翼
放低腰身，回躺在世代流徙血汗的泥土
它滋润万物，探求时光枝丫的拔节
不再置身哀嚎，与大地一道撕碎梦想

它是一条什么样的河流
如何来到人间，被无辜放逐成盲流
我满怀沉寂，屈子的天问陨落满天星斗

它如何坠入爱河，坠入潜意识的黑洞
事物的真相流淌千载流星
又掩饰千载，不辨流向东西的人群
最后被河流嘶吼出群山的诺言

河流曾经站在高处
在九月原野茫茫攒动的头颅
它高高在上，又义无反顾

它照彻干枯灵魂，又见证了死亡踪迹
我将脚步止于神秘尘土
止于光明的喧哗与银河系的昼伏夜动

天　空

我不敢拿天空说事
但我敢拿天空写诗
天空是日月旋转机器狗的舞池
是星星点灯时悬挂的铆钉

是鸟儿最爱搬弄是非的居所
是飞机腾云驾雾的神秘仙境
是闪电鼓掌的鞋柜
是雨夹雪、爱与吻的充电桩

被搬山者逃亡三十功名与尘土的是天空
给爱神丘比特献上靶心的是天空
给冥想者头颅，安装上引擎的是天空
让屈原仰天长啸，一再叩问的是天空

很多年过去，天空不再空
它挤满了哑巴、聋子和瞎子
因为在天上，住着一个神灵启示
只有野鹤闲云，擦去天空所有疑问
这只大地的碗，才会腾空心灵

流浪蓝天的玄鸟

谁让玄鸟挂满天空的拳头
经历无数世仇，像账本一样掉落下来

燕尾服剪出天敌的羽毛，一部老电影
一头旧乌丝，镀亮了命运的流水账

银幕以它的伤口，扇动太阳升起的翅膀
我依旧是只亡命布谷鸟，拷问路旁的篱笆

遁世离群的鸟语花香，打开一部无字天书
飞翔出皮影与村庄，不知所措地被风耍花招

在三星堆数星星

夜色阑珊，脸色更撩人
我望着遥远夜空
望着未来的道路和人群
我数天上的星星，一颗，两颗，三颗

为什么叫三星堆
为什么三星伴月留下无数的谜
五千年前的蜀地到底发生了什么
它们都是些怎样的面孔
看见天空坍塌，寓言消亡，万物沉没
它们受够了战争，地震，洪荒的恐惧
它们掩埋了忠骨与罪恶，谎言与虔诚
它们厘清了苦难与辉煌，黑暗与光明

我长久地坐在时空的废墟上
就像这苍穹，这宇宙，这人心
天上的星星、草地上的人心数也数不清
数出千里眼，顺风耳
数出太阳神鸟，青铜神树，黄金面具
数出象牙，金杖，陶器，祭祀坑
每一件宝物就是一颗星星

从古蜀国天象数起，越数越多神秘符号
越数越多未解之谜

因为思考而不停追问
因为活着就想摘天上星星
在鸭子河畔，沉浸在三星堆的诡谲风云
我重回现实，数着人间的星辰
却越数越少，越数越迷惘而揪心
数到最后就剩下一颗
行走在大地之上的人心

金沙遗址

古蜀苍茫，璀璨的黄金面具
夺眶而出，太阳神鸟挥手
告别川西坝子，振翅一飞，便是
上下三千年，一次次遁入神谕的鹰空

万籁俱寂，一轮金球悬浮于
殷商河谷，纷飞陶片涌入西周
穿过象牙、恩仇、赤血的鸭子河
古驿道上，酿成苍老月光嘶吼
向芸芸众生的野猪獠牙和鹿角
啸成剑气，震撼故国山岳

没有垂泪，青铜神树依然生长
海潮来袭的时候，古蜀人湛蓝的眼睛
流向山岚、邓林与迷途的羊齿植物
筑水而居，金沙以钻木取火的蜀语
沟通金器的朗朗上口，与铜器锈蚀的隔阂
越变越老的石器围过来，先见之明的玉器
泄漏象牙，与卜甲古汉字基因的秘密

我的造访于崖上绳索

相对于海，落日的红帆船已消失
那掌舵的古蜀王，被意外闪电的渔火刺伤
膜拜或是图腾，神的左手袖口里
甩出半个川西平原，相对于时间深渊
右手袖口甩出华夏万重关山
如此气喘吁吁、烈马奔腾

狮子山高喊：芝麻开花！芝麻开门
黄金万万两的金沙，激滟的波光如神旨
因为祭祀，因为考古，因为云游
拳拳报国的古蜀蚕丛，紫气东来
氤氲的怀抱，古蜀文明的破解已扑朔迷离
金沙喊成了金戈铁马的金嗓子
金沙喊来了峨眉山麓的金丝猴

悼屈原

那一夜故国的山河在沉睡中休克
你衣袂飘飘，对着苍天发誓
那一夜你抱月投江，小雀焉知鸿鹄之志

那一夜之后，很多诗人都作了你替身
在诗歌的江湖里也抱月投尘世

当那些抛下的献媚诗、口水诗和器官诗
他们便在失血或烂掉的文字里觅食
打捞上岸的，竟然是一具具诗歌的干尸

端　午

河流带走了村庄
村庄带走了道路
道路带走了大地上的灯火

跪拜一首哀歌
端坐在农历里的中国
下着伤感的雨，淅淅沥沥的雨
每一次侧身，就落下一个粽子
粽子里包裹着诗人的宿命
一面束带峨冠，一面气壮山河

屈原四海浪迹，袖口一吐
便吐出苍茫人间的灯火
灯火带回了道路
道路带回了村庄
村庄带回了河流

河流之下，群星在水中游泳
屈原是一块沉入江底的石头
一块生长了两千年的石头啊
至今，历仄穿险，死不瞑目

武侯祠

隔墙有耳，日月流光
我已有无数次的抵达
抵达一千七百年的鞠躬
抵达先贤圣哲的过五关斩六将

迎面一座祠堂，咫尺如天涯
刘备殿飞檐翘角，雄踞正中
左右两廊簇拥着二十八位文臣武将
拜谒过惠陵，夕阳抹过古冢老松
邃叫人想起遥远的汉魏
汉昭烈庙屡毁屡建，依旧香火缭绕
墙外车马喧，墙内柏森森

红墙绿影，上算五百年，下算五百年
正中的龛台上，诸葛亮羽扇纶巾
他身披金袍，凝目沉思
其忧国忧民，深谋远虑的神采
尽显一代风仪的尽瘁与儒相

闹市中，一根根呼啸而至的乱箭
被暗藏玄机的草船借走

大殿外，一次次不以臣卑的《出师表》
三顾于草庐的悲喜与迷惘

桃园三结义，一个"义"字
匡扶汉室、救困扶危，下安黎庶
结缘了人心，就结缘了天下

我在这里负薪救火、百步穿杨
我在这里虎入羊群、寡不敌众
我在这里望梅止渴、下笔成章

一座君臣合祀的祠庙
安顿下诸葛亮、刘备和众多蜀汉英雄
时间的涤荡，苍烟的婉转，历史的扶疏
有我的牵挂，千里之外的远方

留下来，我的三国
城门洞开，贯通古今
前脚古蜀国，后脚迈过唐宋元明清
说好天不亮就起程
一方手帕，怀抱一串蜀道难的目光
一把徐徐裂牙的折扇
扇走一个朝代的横刀立马、啸杀纷争
扇走鹃血啼醒古来征战的沙场

辋川，王维隐居地

秋色掩映，从盛唐柳枝上
发芽的辋川
爬满了《诗经》和《楚辞》
王维，就是它藤蔓上缔结的
大甜瓜，满腹维生素涵养的山水诗
和水墨画，滚落
一个王朝深渊的萧瑟眼泪

你瞧瞧，王维手植的银杏
犹如终南山上的漏洞，我用诗的银锄
挖出鹿苑寺前，高颜值的秋意，绵延不绝
这株最有诗意的古银杏姓氏
是王维依山傍水而千秋活着的见证

直到一家涉密工厂，抬来
内心妄想的一台台打脸机器
触发人群中冒犯的酒嗝，不停浇灌愁思
它吐出遍体鳞伤的轰鸣，参观又谢绝
铁门的鳄鱼之嘴紧闭
王维被困锁在另一个罩满雾霾的尘世
奄奄一息

曾用飞鸟搬回秋日凄清的那张木椅
再无寥廓的苍茫之境
稀罕的王维，同为沧海的一粟
用殷勤的辋川水，找来作淘米水的乡邻
被机器猫咪与世隔绝

瑞雪，从落魄里钻研一千三百年的银杏
让一柄黄金大伞喂大了我们
由景及己，雪粒照亮凡心，以鸟自况
世事的墙为身所累，牛车上的王维
与我在辋川，夜夜自鸣苍生

杜甫草堂

茅屋三五间、绕树三匝
四言、五古与七律便余音绕梁
绕不走一个朝代的风雨
就用一间住儿女，一间住妻室和老身
剩下最硕的一间，住满一个悲愤欲绝的李唐

你的生地和死地
已被时间渐次遗忘和疏离
而你的飘摇与简陋，遁入益州四年的风声
产生过两百四十首诗的蜀雨
眨眼一千三百年间，越来越闲适
越来越诗意葱茏和葳蕤

锄禾种菜、交友漫游、劈柴担水
步履沉重，一人肩挑两条青龙
用你体恤民生疾苦的文字
肩挑半个大唐江山，累得满头大汗

从潼关到蜀道，一双乱世芒鞋
用灵魂和诗歌的崎山峻谷去揣测
一个唐朝的由盛而衰

乱世，是掌权者的天堂，更是百姓的地狱
你横刀立马，以命拼杀
一面含辛茹苦，一面刀口舔血
刀刀见红的都是你气吞长河的诗歌宝剑

有你咯血残阳，呕吐盛唐幻夜
有你，有你仰天长啸，长歌当哭
有你呀！以泪拔黑，以骨血浸染圣灯黄纸
而我却戴着面具，隔离大自然的病毒
还难以自拔民生疾苦的樊笼
只能让泣血的心，哀叹出千古悲愁的呜咽

荔枝王苏东坡

在她面前，宽衣解带的岛屿
荔枝王用树身拱手施礼
君不见人烟忧伤的北宋
与相距九百多年后的我
采摘时间的丫口总会被枝繁叶茂
缠绕村庄的绷带

可以想象多少时光的伤口
嗷嗷待哺，别来无恙
古人叨念的前脚刚走，我的后脚
就找不到那些歪歪扭扭的
咏叹荔枝的韵脚，她在树上居住
而最壮硕的荔枝王一跃成为
在儋州穷途末路的
苏东坡

幽哉青城山

道观青城山，山势依旧濡染河谷
含烟天师洞，阁楼却搂抱楼外楼

青城山缝补天府成都的缕缕乡愁
饥渴的药罐，诸峰环绕前山与后山
披挂出千载声名鹊起的后花园

群山拱揖，万树凝烟
没有一座青山不拜水
都江堰，令咆哮天犬的野水哭泣千载

青城天下幽，幽得有鼻子有板眼
如果幽得深了就显妖
幽得浅一点就觉得怪
人生得意山水宽
宽眉宽脸也宽出人间的爱

优哉游哉，幽哉幽哉幽幽哉
青城山的幽，幽出一垄江湖
幽在千崖迤逦与蛟龙神兽的胚胎
幽在四季常青，状若城郭，名爵青城山

丈人山，或青城山

时光与我对望，剑客高歌，如光幻影
邛崃山脉诞生的最后一个女儿
古曰丈人山，乃岳父岳母的栖身之地
背靠千古岷山雪岭
远嫁天府，近嫁川西平原

天地悠悠，深心旷达
眨眼之间，一堆云朵临盆
袒露出草叶葳蕤的晨光
一座青山，就这样在道教的大脑沟壑间
横空出世，纤尘不染，万世不败
在神祇和福祉里生长
熠熠生辉，月月年年

青城山

撷取天下一个幽字

令一座青山，像云海里的一片树叶

飘落在万鸟之上、千山之巅

一道开山填海的闪电

如一轮道教的月光，在苍山云首

默然盘旋，建福宫的眼袋，引来睡意全消

一盏风叩开一幅天然图画的卷轴

赤脚巡视着幽谷与花海

天师洞的耳环、祖师殿的鼻梁

上清宫圆圆的脸蛋，让万物终有归途

古碑和诗碑频频眷顾人间

水秀、小桥、林幽、山雄，亲不可及

上善若水，见素抱朴，知人者智，高不可攀

星宿微垂，道法且自然

三皇殿供奉的神农、伏羲、轩辕

群山的呓语，道教的列祖列宗

抬高了苍穹的浩瀚与天堑

前山与后山，不过是大雁与婵娟的

后宫与厢房，它们装满了世事风霜
苦哇，传道的石梯，一步一级
直通云天，东方渊底之上
千古银杏，圣灯黄光冉冉
磅礴日出，澎湃如大海出川

月亮家书

吴刚伐桂的脚步越陷越深
月宫中的嫦娥静候后羿射日

农历正月十五月圆之夜，天涯两情故相依
洒下千缕银辉，苦等一封失散的书信

月亮与孤星手拉手，像远方邮轮
银河系的渡口泊满宗亲的灵魂

绕酒桌一周，醉倒天上李白
绕地球一围，便让一纸家书抵万金

中秋夜

中秋之夜的月亮，像打了激素的点滴
载着节气的羽毛心存芥蒂
玩起打肿脸充胖子的
逢场作戏

它是每个华夏儿女定制的
一架私人飞机，年年农历八月十五
只飞一次，用团圆舀来九天揽月的汤羹
从满世界的朋友圈里
徐徐起飞

我家对门那个陌生芳邻
因一次误机，错失人生的真金白银
爬在门框背后的中秋
借阅李白床前的那轮明月

中秋之月

去月亮上开荒种地
去月光下对牛弹琴
月宫里种下我前世的水稻玉米
今生又打捞出炎黄子孙的骨肉亲情

月亮就是中秋那个亲妈所生的女儿
到了她临盆年龄，是八月十五的胎心音
穿过港口，穿过美团，穿过华为基站
全中国的手机，在中秋之夜刷屏

当诗歌成为月亮不竭的新能源
新能源汽车，新能源的张力和意境
月宫就是消费意象清单的领跑者

故乡在月亮的眼睛里捉迷藏
云层下的嫦娥，忙着开诗歌分享会
忙着去网红打卡地发天上人间的微信
不奢谈悲喜，也不必去与人争个朝夕
让阳光再暖一点，日子再慢一些
一个人坐进月光里写诗，孤傲的吴刚不要多虑
全世界的诗人向你飞奔，向你沸腾

向你旅行箱里的苏轼和李白
开始一声声的此致那个敬礼

给月亮撒下种子，给光阴施入化肥
每年八月十五，月亮总是拉动内需
拉动诗人 GDP，拥挤不堪的月球
忙天忙地又在大搞诗歌高铁建设
而月亮湾旁边，有创刊 1957 年的《星星》
它们都穿着诗歌的宇航服
或神采奕奕或熠熠生辉地绕轨飞行

桃花是女人手无寸铁的武器

被影子跟踪的是桃花
被人间劫色的是桃花
被鸟鸣与耳语厮守的是桃花

桃花生于姿色，死于美的挑衅

我由此而忧伤
由此而敬畏桃花众姐妹
诺，喜形于色的桃花
被尘世灯芯拨亮的一万朵桃花
侧翻着这世界的另一张脸色

桃花是病灶，桃花又是药引
桃花回到闺房，翻开史书
原谅了那些打劫过它的败类
桃花是季节移动的卧底
桃花是女人手无寸铁的武器
它用红手绢擦亮镜子与面具
桃花又以兵不血刃
关上事物的门扉而让黑夜裹紧了风衣

银杏叶

你来到世间，如此短暂一生
却已走过冬春夏，走过唐宋元明清
走过星辰大海，山河无恙
留下遍地金币与滚滚红尘

有那么多欲说还休的陷阱
那么多不幸，美的纠缠与激情四射
你用苍穹里的黄金说出一切
坠落中升腾悠悠灵魂
时刻以枯叶蝶的命运惆怅转身

只有逃亡，你为秋天耗尽一切
闹市的街道，浩瀚天宇下
心脏开始逃离水泄不通的城池
落叶归根是人生法则，银杏果扔下
一叶知秋的落汤鸡，艺术叶的利器
如此被金榜题名，如此铺天盖地

俯瞰银杏记

风韵雍容，高卧秋风
一身黄金铠甲，虽流落江湖
却与怀中的黄粱梦终老
你儒雅鬓蓬，用往事的纪念品开花
一开花就挂满银杏硕果，一粒粒
情豆闪灼，随风而约，乃勾魂掠魄

独步人寰，你已洗尽铅华
有生之年，玉骨冰肌吹拂着时代的云与风
水与火，善与恶，你到底是一部佛经
盘家养口的公孙树，你为何超越尘世
我已两手空空，你却懂了要盘腿打坐

街衢巷陌，收容你卑微身世
喧嚣中获得一个又一个灵魂摆渡
你已超然了，你躲在那些面具后面
躲在雷电风霜的身前身后
跨过季节栅栏，狂风卷落你满身金箔
你用它去零售，或一天天团购那么多
爱而不得的落魄，与凋敝过的事物
银杏树，你和我在眼里短兵相接之后
又伸出双手，搓亮这满树人间的青铜

梧桐的秘境

一片落叶沦陷一个季节
秋已多时，万物凋敝
所有树木离开淙淙泉水
狂风卷噬残云
金嗓子败退于风的涟漪

日潮的深渊，惊天动地
不为人知的汛期
苍穹派出它的天将天兵
命运推拿的流水，驶入高枝
轮回内心，它的落叶与疾病
包藏一颗肃杀之心

青铜液令落叶叫声弯曲
蝶恋花深潜一世奔泻的银鳞
太阳血内化于心，外化于行
一卷发红发紫发怒的山海经
等闲日月，受邀上苍宠儿
尖叫它沸火中的名字：梧桐，梧桐
尘世荒芜中有它苍茫人海之秘境

银杏树的身世

没有千里之遥的独游，你是来到
世间的凡人，浑身坚贞高洁
仍然银装素裹，又冰肌玉骨
一片片折扇似叶子袒露盎然心扉

所有身世，所有沧桑的君临
你生命中的滚滚红尘，在时光中
一卷卷发黄的古代藏经
等闲日月，任尔东西风风雨雨
哦，上苍的宠儿，岁月的欢容
随秋风一起降落美丽尘世

是银行家给秋天超额发行的外汇
是诗人翩然来临的成熟诗句
是战场上竭力搜集的将军或战士
是油画家金子般的颜料
泼洒向天空的祷告声声

喧嚣中飘逸出灵魂的拯救与落叶
你像个百岁老人，名噪一秋
是来自空山浮云，还是前世的水墨丹青
所有深渊都埋葬着对冬天的诘问

人间刀路

走来走去
走了几十年的人生
都不是路，而是走着
一把刀

一把岁月压弯的
杀猪刀，被灵魂与凡胎淬过火
百年回声，擂响春天的伤痛

刀尖上行走
可以使自己身轻如燕
卸载人生的
累赘，包括名与利的
多余脂肪
摒弃邪念，与锋刃
保持君子之交
就没有非分之想
更不会因玩火而自食恶果

一轮弯月的镰刀
善解人意的宝刀

庖丁解牛，游刃有余的厨刀
事到临头，用一只麻雀来解剖
有时云淡风轻，有时出言轻浮
顶多算是刀子嘴、豆腐心的套路

更多时候，壮士断腕的刀
左手长江，右手黄河
只有好刀知道自己的广袤
知道在大地如何奔涌

逝水流年的舍与得，有的劣刀
习惯了单挑，爱见风使舵
伺机在史书的某一页角落
笑里藏刀，它放肆云朵
字字见诛心，滚滚红尘破防
放眼处，刀下黑灯瞎火

走来走去，命运被逼仄
一生难得见好收手
等来刀枪入库，路人皆埋伏

人心隔着肚皮
人性的白眼，望着真刀
　　见
　　血
　　封
　　喉

卷

五

时间的过去与未来式

携一滴钟声
等你在新年的契约里

让我感动于这些岁末的教诲

就像是新年馈赠给人间的每片绿叶

快乐的王子，风被你捡漏、或是传销

你似乎全然不在意，一年的契约

如一生一世，对谁都一样的慷慨陈词

对谁都一样被年末的尾灯照亮，都有大地母亲

回眸你的十二个月份。规律永不动摇

日月撼动年轮，当身心竖起一尊佛像

蓦然回首，目光交会的刹那，去普度芸芸众生

是的，我还不懂得生活的样子

新年的每滴晨安，每道晚茶

就像故乡的方向，父母慈祥，炊烟安康

是来自世间的外部，还是并肩于年荒的异景

穷不走亲，富不回乡，该长知识了吧

前生有五百次凝眸，唤醒今生一次擦肩

没让寺庙门前的菩提树翻唱经典，或对错口型

我踌躇着，新年的钟声变得不顾一切

就这样远离你，又记取你，被分秒催眠的果实

不求摘取，不求贪婪殊荣，白驹过隙之后
唯有内心的善行，旦夕间被你珍贵的时光秘境
包围

月亮湖

一个女人走过这个湖
月亮便升起来了
从湖底，从时光隧道的凭栏处
升起来，满月生银辉
而湖水无语，湖水一脸茫然
女人和月亮想要的
湖水都慨然给予了

女人回到这个湖
已是多年以后，湖水有些沧桑
月亮依然年轻而古老
月亮满意了，依旧风清月朗
湖水呢，湖水还在向着云天奔跑
湖水也有思想吗

绝对的月亮

闭月羞花、冰壶熨出秋月
绝对的月亮让时光猝不及防

时间的左手牵着公平、正义
右手挽着朝露与晚云，一对恋人
日升日落，花开花谢，它将每个昼与夜
都拴入二十四小时的一根秒针

绝对的月亮是时光的打赏者
它挂在农历八月十五的脸上
带领全球的华人朋友圈熬夜加班
还散发奖金和月饼
月亮不让须臾时光的星辰，后悔流泪

绝对的月亮在跟太阳的
公转与自转中，多余而浪荡的旅程
交换归来，一金一银的戒指
太阳是天上一嘴的金戒指，月亮是地上一腿的
银戒指，它用时间的无情
替换雷电隐身于爱的有情
它暴发中沉默，用自身绝对的月升月降
移走人间苍生的相对疑问

光阴里的月亮湖

曾有一个追风少年，俯身湖畔
用瓦片朝湖心打水漂，升起一缕狼烟

他叫孟获，记住了这个形似月牙的湖
一个中年在湖边坐了一下午，无聊的时间

他想起了那个少年，记得少年旁边
姑娘给他交换时间，她武艺高强、勇谋双全

他俩说的悄悄话，湖水听见了
时间的不凡，记忆物的狼烟也令他失联

许多年过去，一个陌生人来到湖畔
为姑娘立了一块墓碑：祝融夫人之墓

从此，苍山还是苍山，月亮离开了湖
湖水变得沉重，我与湖水有某种相通血缘

一缕狼烟，在时间里消失的少年
又在另一时间的光阴里重现

时　间

一根无形的绳子
独步从钟表里，牵引出人世
便开启了命运的火车

你爱用脸皮的游行，蹉跎皱褶里的光阴
爱用手艺来结绳记事

爱用麻利的脚，去人间白驹过隙
被生活的日子消耗一路，你就把别人的手脚
捆绑得紧一程

遇到沙漠里私奔，想不通、气不过的原罪
一张张让你憋气的面具

啃噬着岁不与我之人，把你当成一根
又粗又壮烈的麻绳
上吊了性命

却不知时间在无敌的宇宙大气层
歇了气，了无痕迹

无限境

感觉天空被纸牌
游戏过人生

一面铜镜，映射出无限多的纸牌
无尽的黑夜、挣扎，屏住呼吸
陌生的面孔聚在一起
繁花的事物聚在一起

一尾鱼紧跟着一尾鱼的眼纹
不停地出牌，又不停地翻看底牌
游弋过广场、地铁，滑过红细胞建筑群
游入鱼缸，在欲望的水中浮沉

感觉有的人丢失了纸牌
有的又找到新的纸牌上路
不同的人，不同的面孔
聚在一起燃烧，直至夜色逃离
世界已变得遥远，像个陌生人
游入世间的所有船队，都只有舍与得
两种最后举帆的命运，命运的假期冗长
这是河流用逝者游戏人生

还是人生之舟不舍昼夜的演戏

窗户外，他用第三只眼睛
探寻着事物的发光体
留下苦与乐、输与赢，时间的灰烬
波光粼粼，他的牌局杞人忧天
从无限境的穿越中，找到河流与马匹
自时间息壤里穿越的亘古秘境

空瓶子

原野和宝石，浪花的眼睛
涌动出涟漪的针，回到无边虚空
它是受迁徙不停撞击的钟
呈现给山顶背后，荷锄辛酸一生
曾经以为新的瓶与旧酒
终将游离心脏，令祖坟白骨铮铮有声

它更是鸟，展翅欲望使它神差鬼使
守口如瓶，攀上群峰，一幕一惊心

苦心孤诣，情义交缠于瓶颈
时间的输赢皆是心领神会，相知相伴尘世
一种空的蒙羞，荡漾出别有之心，抵达
将鹰写飞、将瓶写空的辽阔苍生

钟表匠

他是一棵自行车的行道树
独撑一方浓荫蔽天
寒来暑往，寂寞难耐而无助
人老了，眼睛就开花
昏花的老眼，再也结不出什么果

一次次翻修，钟表匠之树
不停校正钟表的郁郁葱葱
却校不正自己多舛的命运
一堆上海、钻石，一川烟雨与方舟
载着他在一寸深渊中柔毫突围
他修缮过顾客眼神的踌躇
修缮过欧米茄、浪琴，他已十面埋伏
钟表的梦想冷峻而含蓄
旋开表盖，一次次屏住呼吸
一遍又一遍检查、调试
像他人生，精准到分秒必争

开花的钟表匠，总是拔节着
无路之人，挥汗如雨的草木
顶着日子的压力，某种优先的痴迷

使蚂蚁乐园里的所有指针
面对自由的天涯、夕阳的面部
纷纷扰扰出时间贫瘠的花朵

钟表匠的光阴

像他的脸，弥漫着齿轮的材质
以弹簧或重锤为驱力的指针
背叛了时光里的夜行人

他一步步地往前走
那么多被时代秒表所认可的生活
镊子的视线更加敞亮
面对起针与放大镜，时间在不停打坐
净化着每块钟表的机芯
也是他参悟人生的一部分

靠着耐心、手艺、精细、匠心
修补了他大半辈子的光阴
表盘内的街道、马路、喧嚣市井
一种速度已在相拥而眠里错失、崩溃
他是钟表匠之神，住进仪器的黑暗
结庐在人境，而人类最小、最精密的
机械发明，涌入他肺叶，光阴不多欲

钟表匠一生，用时针拨动着
形形色色的节奏与灵魂

世界已安静得只剩指针的嘀嗒声
他又陷入一方街角
陷入浑然无物的世外之地

天　机

领跑者冲在最前列
越来越觉得自己被密集的空气包围
后面的追赶者，愈加笃信
头顶的光在聚集，领跑者开始使坏
一边奔跑中呼呼喘气
一边在身后撒下时间的钉子
追赶者反而无所畏惧
交换了血液里的十万库存
最终归来速度与生命的亲近

原来，追赶者早有设防
脚上穿的防钉鞋，竟然是天上
一架无人机的火眼金睛
谁说的："防人之心不可无"
未雨绸缪，我从没见过
奇异的月光，先于一阵风抵达
防人之心都来自哪里
谁又让时间，在物质运动中消失
天机，不可泄露

河流的弯曲是明智的

如果假以时日，非凡的河水
飞流直下三千尺
如此的开膛破肚，如此的直抒胸臆
就像父亲的腰，不堪重负一击

假如能让腰弯一弯，让市井里的人生
添加它无形的张力

它的水流湍急，它的游刃有余
它的开弓没有回头箭
使我遇见过的河流变成了少女
我咏叹过的王冠变作了落叶
而河流的弯曲，与弯曲的人生
飞来一支各自的黄钟大吕

在曲水流觞的书店里
河流在收银台清心养肝、深谋远虑

大海挤出鱼的
眼泪令我一生难过

这些大海里生长的摇篮
已变得岌岌可危的表情
摇摇欲坠的海岸线，它的脸色难看
它的吃相越来越难堪
仿佛已坐在了火焰山之上
迎来太多气候的呕吐物下海
迎来太多城市病的排泄物下海
灵魂带着它的尸体去海底捞针
命运的死海搬不回十万万座雪山

大海熄灭了它在人间的火种
用浑浊的海水去打盹、去猜拳、去抽烟
大海也脱掉了它的泳装与霓裳
以裸奔的骏马换回一枕梦黄粱的朝代

风暴消散，大海的说书人丢失了双腿
大海不再礼尚往来，它怀里的战火劣迹斑斑

谁能拴住罪恶的魔绳，谁能堵住人类的贪婪
光明与光阴的匕首奔向大海，奔腾大海

海水如书卷摊开，海风将旭日折叠成帆
大海吐出星罗棋布的城市与村庄
大海挤出鱼的眼泪令我一生难过而休眠

一枚钉子钉入整个大海

如逐鹿荒野，它要把一枚钉子
钉到大海的沟壑里去
它知道海水遇到欲望的阻力
知道海水浴场，并非等闲之辈
但海水的漂浮与泡沫
无法阻挡一枚钉子的步伐前进

钉子已掌握自己命根，它已亡命天涯
它提着一把巨浪的刀子
去海滩一片片割海，并带回大海的火炬
大海太累了，被悬挂在钉子上喘息
它要用钉子的眼睛，紧盯海上的脚印
多少年之后，它怎样从树上的猿猴
来到大海里，变成了崭新的人类

海水的千古梦想融化了钉子
又接受了一枚钉子的谆谆教诲
从深海里寻到钉子而盛开万千花朵
大浪淘沙东逝水，答案已斗转星移
海水的祖先还守候在这里
它的蔚蓝与辽阔，它的九死一生

已越来越强大而成为宇宙的中心

一枚钉子，钉入整个大海的胸襟
钉子从一步步深入火焰的缝隙
开始咆哮，并重新认识自己
大有可为的海，时代的钉子深入大海骨髓
钩沉一生澎湃而惊涛拍岸的绝句

剑胆琴心

寂静，纳气，入影随行
岁月的步履已痴迷
它是琴，因受不停撞击
而衰老了发光的部位
曾经的诡秘、癫狂与不舍
终将逆流成河，嶙峋出千峰万岭

它是琴语，弦乐使它情不自禁
使它步步登高望月，琴歌酒赋
弦上已是寸寸山河寸寸金
郎朗如风，情义纠缠它的汗水与泪泊
它和他心猿意马，却掏出肝胆力排众议
与蚯蚓般的音符乐此不疲
它的盟誓，要么传来琴瑟和鸣
要么回荡一阵远涉汪洋的弦外之音

话　剧

愿望再次捏造南山放马的钟声
主角与配角，抑或他角
相继被滂沱的时光迁徙

影子蜷缩在一只耳朵里
另一只耳朵找不到嘴唇
失掉的脸，最后一次
关上了大海的铁幕之门

一张纸牌的仪式感在加速
文字孪生的声音在虚拟的故事中
一枚硬币的两面，翻过来都是邪恶
邪恶之海的肠道，后悔它一生
交易出的船只、梦境之地和森林

一只鸟落入石头里
成为囚徒勒石为凭的困境
城堡，是无数座语言迷宫
每天上演人类话剧
既暗流汹涌，又形形色色

石头兑现了明天的诺言
沉沉的天幕，更换了
又一批商旅与侠客，喜剧成悲剧
乐极生悲的人世在漂泊
他们并非以海盗的名义
他们来自末日岛上的星群

推开舞台与文本互现的身影
唯一没有道路的法则
走出这河水停留的灵魂语速
移动的剧目，被深夜一见钟情
云的嘴唇，不停演绎世界秩序
迎来救生圈入戏太深的潜台词

藏在我身体里的黑洞

我的黑洞被月亮光颠覆
我的黑洞有万丈深渊、贪婪无穷
与那些从十分抢眼的洞穴中
找到周口店的头盖骨不同
藏在我身体里的黑洞
盛开的蜂窝组织，不是煤球
而是为某只嘴唇怒放的野花、野朵

我的黑洞是一头野兽
它从洞底开出一辆绿皮火车的军火
有猎豹、恺撒、毒刺、海马斯、眼镜蛇
它从洞中穿越奇异的光芒
又朝洞外发出公正与和平的嘶吼
它吞噬星球时，会将星球撕裂
像扯面条一样扯长，将星球上的物质
变成最小粒子，然后被太空的黑洞吸走

我曾经丢失了自己的黑洞
童年的饥荒，生命的饥渴
羞愧难当，岁月不齿于遮人耳目
长大后，从野洞送来新棉袄、手艺及漂泊

送来亲人跟仇敌，送来钻石跟毒药
人类的黑洞，太阳的黑洞，宇宙的黑洞
洞与洞的相依为命，相互贯通
贯通银河系、太阳系、中文系、童养媳
它是意识的黑箱，贯通苦难也贯通幸福
贯通光明也贯通黑暗，贯通神奇也贯通腐朽
我的黑洞是一个无形的漏斗
它过滤痛苦与辉煌，富贵与贫穷
我的黑洞是一个巨大的火球
它吞噬愚昧与落后，暴虐和罪恶
我的黑洞是投向天空与大地的正义匕首

河边的乌云

素手点燃一对蜡烛、三根香
几张老脸，又埋入一堆钱纸
他们不说话，围在河谷边
哗哗流水带走了亲人一生
呼呼南风堵住了
那张鱼嘴里吐出的诀别词

就说是一只早逝的蚂蚁
就说是来世间叩问过的一滴花露水
河水难以启齿自身的清白
想着不共戴天的乌云
人生无彼岸，河堤总是高过人间
河边的人在用内心招手
一次次地喃喃：亲人已走远
空旷的守望带来朦胧双眼

多少年来，河边的乌云
总是挤走那么多安放灵魂的微尘
为什么一堆堆燃了就走的香火
过早接受了命运左右为难的安排

对岸那口吊钟，像颗头颅
答非所问，一摇一摆
晃荡出一个又黑又大的花圈

地球正在烤红薯

落日之前，我已抵达
千疮百孔的地球
有的冒烟，有的漏油
有的森林涂炭，有的深陷战火
世界已是一个拱火炉

燃烧的爱，值得一生缅怀吗
流浪地球，来不及排泄的毒素
不再幼稚，不再洁身自好的人类
变得贪婪、自私而无比"成熟"

人与兽不再相融，花与鸟纷飞
遍布道路的陷阱，昆虫硕大而悲愁
触摸死亡的蝙蝠，从上苍宇宙那里
赤条条地来，烧、杀、抢、掠
最后被末日赤条条地烤熟
烤成的红薯，烈日下依旧野心勃勃

生存：一粒海盐的狼嗥

大海如何叛逃
苍天，如何拯救未来
一些人群变岛屿
一只独醒的鸥鸟
剪开脆弱神经海水
如何用真相取道密皱

这世界被邪念
绑架的天书，迎迓污染源
裹覆海风与船帆
一粒海盐的狼嗥，翔向
魍魉海洋不停诘问
随风而逝亡叶，朝群岛水域
迫近，穷苦海水
目瞪口呆，它在咆哮
负荆请罪的匕首，将
海洋生杀大权重拾
每年 4 月 22 日，世界地球日
挟持雷霆万顷滚滚而来

大海翻滚坡路

气候变化的脸
天真少年的脸，说变坏
就有忧戚坏蛋的脸
海枯肉眼，在瞎光自决里
上升，水妖抬着垃圾
抬着亡灵的海平面
宇宙赎罪浩瀚，惊涛骇浪
变态出人间劫难
死海，终以浪花的哭泣
见证孤星世界伴月
人类的水，剩下鳄鱼的
最后一滴浊泪

机器人猩猩

等下一世来到这个星球时
我已登上一辆奇形怪状的大巴车
大巴车上全是宇宙黑洞
它盯着谁，谁就被黑洞吞噬成一颗恒星

我一边摘下太阳帽
一边呼吸着失重的空气
我脱胎换骨，面目全非
克隆的恐龙复活着隔空丛林
战狼出没，哔哩哔哩
搭载通往月球的地铁
随火星去外太空购物旅行

奇幻漂流，会飞的大象
伸开天空的翅膀，从非洲飞到欧美
会结星星的树，开满智慧花朵
汽车在天上跑，马匹在海洋里奔腾
陆地上盘桓的公路像鞋带，揣入怀里

废都、村墟，都变成电脑住宅
时装也有四季按钮开关

如果我们的肚子饿了
无须外卖，更无聊一日三餐
只需按一下食物按钮
天上就掉下随心所欲的水果、馅饼
不必种地，也无须狩猎
就有癞蛤蟆想吃的天鹅肉
就感觉气定神闲，或飘飘欲仙
干什么重活脏活累赘之活都是大力士

在泡沫浴室里，有史前过山车
有时光隧道在过去与未来穿梭
我们还会开启超光速飞船
深空远航至数万光年的距离
去感受多元宇宙文明的博大精深

那时的房子是高智能的
长着一双翅膀，飞翔在天空
我想住哪里，就能飞到哪里
那时的芯片植入大脑游戏人生
人间失格而进入自由落体
机器人替蠢猪上夜班、干家务
电子人替笨蛋谈恋爱、生孩子

那时能说话的天空
根本不叫父亲，而叫娃哈哈
那时会走路的土地

也不能随便比作母亲，而称变色龙
那时的我不叫我本体
而是叫做机器人猩猩

那时的河流叫衣服
随洗随换，随穿随扔
那时的泥土叫咖啡
想喝就喝，想睡就睡
那时的地球是捏在手中的玩具
那时的人类每天都有天外来客

血中的盐，言中的铁

——读李自国诗集《乌鸦的围墙》

张媛媛

法国哲学家巴什拉（Gaston Bachelard）从水、火、土与空气四种元素中揭示诗人们关于知识与物质的诗意想象。在我看来，除了这四种自然元素外，每一位致力于探赜永恒之境的诗人，都必然围绕着与其生命经验紧密相依的基本物质元素来繁衍孳乳诗意想象、搭建构筑诗学空间——这些元素可能来自诗人的故乡、童年、身体、脾气秉性乃至精神底色。对于出生于盐都自贡的诗人李自国而言，在他诗中占据核心地位的元素无疑是盐与铁：从微观的视角切入，盐与铁作为人体不可或缺的微量元素与矿物质，参与维系着生命的律动；而从宏观的或历史的维度来看，盐与铁把控着古代经济与政治的命脉，是人类文明进程中标志性的、根源性的要素。李自国的诗歌兼具盐与铁的特质，他以稳定而不乏延展性的语言，源源不断地更新诗思，绵绵不绝地提炼生活，以此追求本质性的诗学。在这部最新哀辑的诗稿《乌鸦的围墙》中，李自国不仅延续了他诗歌语言中一以贯之的清澈晶莹与锐利锋刃，更在时间的层垒堆叠中，深邃地积淀了对生命真谛、语言奥秘与永恒之问等核心母题的顿悟与省思。

从土地的血液里返回

李自国最先挖掘的盐矿，来自他身体内部的河流与故乡肥沃的土壤之间那微妙而丰盈的联动互喻之中。他以笔为锄，书写悬于穹苍之上的流水之脉如何"回躺在世代流徙血汗的泥土"（《站在天空的河流》）；深情回望历史的镜像，农历的哀歌，在雄浑自然与诗人宿命的召唤中捕捉"河流之下，群星在水中游泳"的璀璨景象（《端午》）；他在时空幻想的启示下，"从无限境的穿越中，找到河流与马匹／自灵魂息壤里穿越的亘古秘境"（《无限境》）；在他看来，"河流的弯曲是明智的"，在寓言式的诗意构造下，自然景象与人生哲理彼此融合，展现出一种超脱与智慧并存的生活态度。

这些在现实与想象、物质与语言之间奔涌的河流，同样也在诗人的胸中摇摆，成为身体里跳动的血。而在肉身中流淌的血液，亦在乡土记忆的呼唤、内心情感的涌动以及母语方言的韵律，幻化为永恒河流的灵动双手，"去祖先的血脉里拆出大地"（《拆》）。在李自国构建的诗学宇宙中，"祖先的血脉"是一部

180

镌刻着家族、民族乃至文化精髓的浩瀚史诗，它不仅承载着往昔的记忆、累积的经验与深邃的智慧，更是横亘于今昔之间的时光渡桥。"拆出"这一动作犹如借助考古学家之手，轻轻拨开历史的尘埃，深入流淌着先祖智慧的血脉，探寻并提炼出与广袤"大地"息息相关的精髓与奥义。而"大地"——诗意涌动的土壤，亘古不变的象征，是物质世界的坚实基石，亦是人类精神与文化的源泉。以血脉为纽带，人类世世代代，不断在繁衍中加深对大地的深刻理解。

在对大地通透洞明的理解中，李自国执着地追寻着诗歌最本真最纯粹的土壤，渴望发掘出独一无二的词语序列，避免重复过去或者重复别人。他深知，要触及语言的灵魂，唯有踏上归途，重返故土。在这段回溯之旅中，他愈发了然，诗歌的真谛在于实现独特生命体验与精准语词表达的完美融合。这种体验并非单纯源自书本的阅读积累，而是深植于个人生命内核，是从个体生命的沃土中自然萌发的独特之声。诗人以身体的敏锐觉知为起点，深刻观察并细腻地感受着周遭世界的微妙变化。比如《抑郁症》一诗通过一系列精心挑选、富含象征意蕴与情感深度的意象，描绘出抑郁症患者复杂而幽深的内心世界，继而借助疾病的隐喻，绘制出现代人的精神图谱。诗中，乌鸦的夜歌铺陈出忧郁、沉闷的氛围；自闭的花朵描摹出封闭、隔绝的状态。而"侠骨柔情，涌入黎明的图腾"则带来了一丝希望之光——这股侠气实则也贯穿了整本诗集的气脉。结尾处的"谁、谁、谁？从土地的血液里返回"，一声声垂问，不仅是对生命本质的深刻追问，更是从生命的根源或母体中汲取力量的象征，寓意着回归生命的原初与本质。

在不断上升的预言中

比起《生命之盐》《盐》等诗集，《乌鸦的围墙》中鲜少直接描绘"盐"之具象。然而，源自盐的诗意却浸润于字里行间，恰如钱锺书所比喻的"理之在诗，如水中盐"，无痕而有味。或者更确切地说，对于李自国而言，诗歌就是流淌在血液中的盐分，是参与生命循环的必不可少的微量元素。故乡剔透的名号使他很早就意识到了语言与盐之间的神秘关联，在他笔下，血中的盐，是"晶莹侠客之心"（《玻璃的一生》），融通着苍茫人世；更是语言的结晶体，呈现出颗粒状的美学。

作为"血中之盐"的语言，首先是具有预言性质的。鲁迅曾言："预言总是诗，而诗人大半是预言家。然而预言不过诗而已，诗却往往比预言还灵。"①同时代的墨西哥诗人帕斯与之不谋而合，在他看来："诗歌在推动历史的相同力量的激励下，在现实

---

① 鲁迅：《诗和预言》，《鲁迅全集》（第五卷），北京：人民文学出版社，2005年，第239页。

生活中，它是预言的预言和预言的有效实现。"① 诗人张枣在重读鲁迅的散文诗集《野草》之后，更确证了这一观点——"现代性唯一的标志，就是诗人或写者把自己认为是预言家，去重新命名诗歌"②。诗人李自国也将诗重新命名为"预言"。不过，与何其芳在其名作《预言》中描摹的无语而来又无语而去的年轻诗神迥异，李自国的《预言》笼罩于一种神秘而宏大的氛围中，诗人的形象因开启信仰之门而通向永恒。

诗人以"不断上升的预言"作为开篇，巧妙地交织了对未来的热切期盼与历史的循环往复，仿佛一把"忧郁的钥匙"，既缓缓开启了尘封的记忆之门，又预示着即将解锁某种未知的奇妙际遇。这正是跟随语言的指引，方才得以步入的一种深邃而迷人的写诗境界。时间的流逝，想象的绵延，物象的变幻，词语的碰撞，共同构筑了一个既生机勃勃又充满变数的诗意空间。"一支雪山顶上的鹅毛笔/预言过鲁迅，预言过普希金"，这支鹅毛笔被安放于纯真无瑕、高远不可及的圣洁之巅，它以一种超凡入圣的力量，捕捉并预见着文学巨匠们的精神光芒与深邃思想。它跨越了时空的鸿沟，洞察未来，书写下一则则震撼人心的

① （墨西哥）奥克塔维奥·帕斯：《弓与琴》，赵振江等译，北京：北京燕山出版社，2014年，第222页。
② 张枣：《〈野草〉讲稿》，《张枣诗文集·诗论卷2·讲稿随笔》，颜炼军编，成都：四川文艺出版社，2021年，第81页。

预言。在诗篇的尾声，诗人恳请"冈底斯山的预言"作为见证，这不仅是对诗歌艺术的虔信与坚守，更是对诗歌信仰的纯粹表达与忠诚宣誓。

在第一卷"预言与刀客"中，汇聚了诸多如《预言》般闪耀着诗思火花的"元诗歌"——诗人以深情的目光凝视诗歌，以深邃的思考定义诗歌，以自省的态度反思诗歌。他的诗学理想，在于崇尚"新美本真"，追求一种气势恢宏且博大精深的艺术境界。他拒绝被既定的风格所束缚，亦不抗拒成熟的风格；既不沉溺于对过去的重复，也不愿因袭模仿他人。作为中国最具影响力的诗刊《星星》的副主编，李自国的生活与诗歌紧密相连。他需要阅读、审读大量的诗歌作品，这要求他必须拥有敏锐的审美判断力，并且倾注满腔的热爱。与此同时，他必须时刻警惕自己掉入语言沉疴的旋涡。在《共勉：我们写诗》一诗中，诗人深刻地表达了这种心态——他杜绝重复，害怕重复西西弗斯的命运，然而他恐惧的不是将石头推上山顶的艰辛，而是害怕从山顶归来时，抬着的竟是一具具诗歌的死尸。他要抵制那些"老词、大词、滥调陈词"，以簇新的表达，"成为月亮不竭的新能源"（《中秋之月》）。而在他幻想的簇新的月亮旁边，有创刊于1957年的《星星》。

一个时代的所有秘密的铁

在盐的透彻与绵密外，李自国的诗中亦具有铁的坚韧与锋利，侠气与匠心。铁钉、利刃、一轮弯月的镰刀、善解人意的宝刀、铁骨铮铮的剪影……这些满载坚铁气魄的意象，构成了他诗歌中坚不可摧的脊梁，稳稳地支撑起整个诗意的宏伟架构。作为点睛之笔的刀客，浑身散发着铁的冷冽与刚烈。《刀客》一诗中，"刀客的侠气尾随而至"将"侠气"作为核心，形象地描绘了刀客英勇豪迈的气质。这种气质随着他的行动而扩散开来，影响着周遭的人和环境。"左刀下去是车水马龙，勾挑起长天云霓"，诗人通过夸张的手法，展现了刀客左刀挥下的威力，既斩断阻碍，又牵引天云，赋予画面以时空的辽阔。接下来的表达，则更具历史的纵深度——"右刀下去让河流变狮子，诗歌变汉字"，锋刃所向，河流瞬化雄狮，威势撼人；刀锋轻扫，诗歌则碎落成字，既显示出对文字的敬畏，亦寓其刀法深谙文化之精髓。

侠气之外，李自国围绕铁元素展开的诗歌，还充盈着一种匠心。当铁被置于时间的广阔维度之中，便成了钟表匠趁手的工具。在《钟表匠》和《钟表匠的光阴》这两首诗中，李自国描摹着钟表匠或者化身为钟表匠的诗人的一生。巧手的匠人虽能精准修复钟表，却无法校正自己多舛的命运，他的生活充满了对技艺的执着与对命运的无奈。他的每一次调试，都是在靠近"时代秒表所认可的生活"。钟表匠的光阴如同他的脸，"弥漫着齿轮的材质"，泛有铁的反光；而他以弹簧或重锤为动力的指针，在时光里沉默前行，似乎无声地背叛了那些在黑夜中匆匆行走的人。钟表匠靠着耐心、技艺、精细、匠心，修理一生的光阴以及"一个时代的所有秘密的铁"（《挤铁记》）。

除了兵器、工具等传统铁制物品，李自国还书写了地铁与高铁等现代速度的"铁"。在《非虚构：我与高铁叙事》中，他以拆词法带来的全新视角，重新观察着这些名字与"铁"相关的现代交通工具。"此铁，点铁是金、金戈铁马的众生"，"点铁是金"形象地写出通过技术革新，普通的"铁"被科技与速度更新为价值不菲的"高铁"；"金戈铁马"则是兼有壮丽与威武的古代战争意象，借指高铁带给人们的快速、便捷与连接世界的广阔视野；"彼铁，手无寸铁、铁骨铮铮的骨气"，"手无寸铁"原意是指没有武器，这里幽默地写出"我"与高铁共同叙事中的平和温润与铁骨铮铮。随着"世界在加速"，物质文明飞速发展、科技创新日新月异，社会结构、文化观念乃至生活方式都经历着前所未有的快速变迁。"尘世的乱象"正在被时代的速度切割，坐在高速移动的"铁"上，诗人不禁疑问："灵魂还需要铁的锻打和拷问吗"？答案是肯定的。"铁的光阴"与盐的隐喻，正是在这样的锻造与溶解中，重塑着诗的精魄，恰如洛夫在《漂木》一诗中所言：

我们需要一些盐，一些铁
一堆熊熊的火
我们抵达，然后停顿
然后被时间释放

2024 年 11 月 17 日

张媛媛，蒙古族，1995 年出生于内蒙古通辽市。毕业于中央民族大学，获文学博士学位，现就职于《民族文学》。诗歌与诗评作品见于《诗刊》《星星》《当代·诗歌》《作品》《当代作家评论》《上海文化》《青年文学》《江南诗》《诗探索》等。著有《耳语与旁观：钟鸣的诗歌伦理》，诗集《过敏源》。